Gran Angular

Lene Mayer-Skumanz

Barro entre las manos

ediciones sm Joaquín Turina 39 28044 Madrid

Colección dirigida por **Jesús Larriba**

Primera edición: febrero 1987
Séptima edición: octubre 1994

Traducción del alemán: *Manuel Olasagasti*
Fotografía de cubierta: *Yolanda Álvarez/J. M. Navia*
Diseño de cubierta: *Estudio SM*

Título original: *Gibt Florian auf?*

Comercializa: CESMA, SA - Aguacate, 43 - 28044 Madrid

ISBN: 84-348-2107-9
Depósito legal: M-33105-1994
Fotocomposición: Grafilia, SL
Impreso en España/Printed in Spain
Imprenta SM - Joaquín Turina, 39 - 28044 Madrid

1

FLORIÁN dibujó un vaso de precipitados en su cuaderno de física, simuló con una línea suavemente ondulada que el vaso estaba lleno de líquido, que coloreó de azul celeste. Luego se inclinó sobre el cuaderno hasta tocar el azul celeste con la punta de la nariz y escupió un chicle sobre el dibujo. Dio con el codo a su vecino y le preguntó en voz baja:

—Toni, ¿qué quieres que haga?

—Un perro pachón —contestó Toni Staringer.

—¿Un pachón serio o alegre?

—Mi perro Seppl cuando está de buen humor —dijo Toni.

Florián amasó el chicle entre los dedos. Cuando la masa estuvo lo bastante maleable, comenzó a modelarla. El cilindro se convirtió en una barriga de la que salían cuatro muñones de patas. Florián sintió un hormigueo especial en la punta de sus dedos. En tales instantes de gozo creador concentraba toda su emoción en las yemas digitales.

Las patas del pachón debían ser artísticamente torcidas.

El profesor de física, Max Kern, miró fugazmente en dirección a Florián, y lo que captó al vuelo le sorprendió y le alegró al mismo tiempo: entusiasmo y concentración extrema en la cara del alumno Florián Mayer. Ni asomo de aburrimiento ni la ausencia del que masca chicle para matar el tiempo. «Hay que saber motivar a los chicos», había dicho el día anterior a la profesora Kratochwil. Y añadió: «Ese Mayer de octavo A podría, si quisiera...».

Las patas del pachón habían salido bien. Florián se puso a modelar la cabeza. Los perros pachones tienen caras inteligentes.

Saben sonreír. Pero la expresión más delicada está en las orejas; Florián lo había observado muchas veces en el perro de Toni.

Florián extendió la mano en dirección a Toni.

—Más material...

Toni miró al profesor Kern, que estaba cambiando una lámpara fundida. Toni escupió su chicle en la mano de Florián. Éste empezó a amasarlo. Los pachones alegres agitan sus orejas. Florián cortó con la uña del dedo índice dos lóbulos del chicle laminado y los pegó al perro.

«Como no salgan las orejas —pensó—, adiós pachón». Las orejas salieron.

Florián se enderezó. Lo que restaba era pura rutina. Para la cola formó, entre el pulgar y el índice, un hililllo de masa que pegó en el punto adecuado. Asomó una sonrisa en el rostro mofletudo de Toni, que trató de imprimir un tono de susurro a su voz de bajo:

—Ha salido perfecto —su voz resonó en el silencioso laboratorio de física—. Mejor, imposible.

Max Kern levantó la cabeza y miró en dirección a la tercera fila.

—Buenos días, señor Staringer. ¿Ahora caes en la cuenta? Hemos cambiado tres veces el sentido de la corriente, y siempre ha salido perfecto: revestimiento de cobre en el cátodo y burbujas de oxígeno en el ánodo. Pero, en fin, me tranquiliza saber que lo has comprendido a la tercera. De todos modos, para mi seguridad y la tuya, explícanos una vez más el experimento.

—Yo... —balbuceó Toni—, yo... lo comprendí ya la primera vez.

Después de buscar algo detenidamente en su cuaderno, dijo:

—... también la tercera vez salió bien; eso... eso me ha parecido bonito.

El profesor Kern permaneció callado un momento. Luego suspiró:

—Así son las cosas. Hay que andar convenciendo a los alumnos de la regularidad y rigor matemático de las fuerzas. Pero lo grande de esta asignatura, amigo, es que los experimentos dan el mismo resultado la primera y la enésima vez. El señor Staringer se convence a la tercera. Pues la centésima vez saldrá igual.

—Eso es aburrido —contestó Toni.

Las chicas se rieron disimuladamente.

El profesor Kern carraspeó.

—¿Aburrido?

—Rutinario, quiere decir —intervino Florián—. Sin sorpresa. En otras asignaturas no ocurre así. En latín, por ejemplo, *veniam* significa «vendré» y la centésima vez puede significar lo mismo; pero de pronto puede significar también perdón y gracia. Es entonces cuando se sorprende uno.

—Yo también me sorprendo —dijo Kern, un tanto decepcionado—. Yo también me sorprendo, Mayer...

—Pero no del resultado de los experimentos —contestó Florián—. Éstos, a mi juicio, nunca sorprenden.

El profesor Kern se enfadó.

—Yo me sorprendo de los alumnos que impiden a sus amigos definirse. Consigo, al fin, que intervenga Staringer para que nos explique el experimento y entonces te entrometes tú, Mayer... Tu influencia en tu amigo Staringer no es muy positiva. Lo vengo observando desde el comienzo de curso. Y cada semana la cosa va a peor. Vamos, Staringer. Estoy esperando.

Se marcaban tres surcos verticales entre las cejas de Toni.

Le caía el labio inferior y le temblaban las mejillas. Era penoso ver a Toni pensando.

El profesor Kern dio un deliberado tono de conjuro a su voz:

—Vamos a ver, chico. Tenemos un recipiente con sulfato de cobre y dos barras de carbón como electrodos... ¿y qué más?

Toni miró con atención el montaje de la práctica.

—Y una lámpara incandescente —tartamudeó.

—Correcto, Staringer. Una lámpara incandescente. ¿Para qué?

—Eso nos indica el flujo de la corriente —susurró una chica detrás de Toni. Éste reconoció la voz de Sabine. Sabine Mitterhöfer era nueva en la clase. Parecía muy segura en cuestiones de física.

—La lámpara —murmuró Toni con su voz de bajo— nos indica el de la corriente... em... eléctrica.

Kern puso una cara de circunstancias que quería decir: «Ved cuanta paciencia tengo».

—Claro, Staringer, porque el sulfato de cobre conduce

la corriente, la corriente eléctrica. ¿Y por qué en este polo hay cobre y, te voy a ayudar, en este polo negativo hay un revestimiento de cobre?

—Iones —murmuró Sabine.

—Io... io...

—Sí, iones. Vamos con los iones —dijo Kern, cambiando su semblante de paciencia por otro de «aliento bondadoso y cordial»—. ¿Qué son los iones?

Toni se encogió de hombros y se quedó mudo.

—A lo mejor lo sabe tu amigo Mayer. ¿Qué son los iones?

Seis chicas levantaron la mano.

Florián las miró con desprecio. Le parecía fatal contestar una pregunta que un amigo no sabía.

—Los iones —dijo—, los iones son columnas griegas con unas esferas así y caracoles en la parte superior[1]

La clase se animó.

—¿Caracoles? ¡Volutas, querrás decir!

—¡Tampoco son esferas, sino perlas, perlas!

—¡Eso de los iones-caracoles se lo cuentas a la señorita Kratochwil!

—Y a Weidwiedl le dices que los iones viajaban de polo en polo en busca de una mansión fija y estaban cargados...

—¡Silencio! —gritó el profesor Kern—. Mayer, ¿qué tonterías son ésas? ¿No puede haber una clase en que no intervengas tú para perturbar el orden y alborotar a la gente? Esto se ha acabado. Os voy a separar a los dos. A ti y a Staringer. Venga, Staringer, coge tus cosas y cambia de sitio... con cualquiera..., con Sabine Mitterhöfer. Mitterhöfer, siéntate junto a Mayer. Esta nueva distribución de puestos no regirá sólo en el laboratorio de física, sino también en el aula.

Sabine Mitterhöfer fue a sentarse junto a Florián y Toni permaneció de pie, indeciso, cerca de ella.

—¡Espabila, gordo...! ¿Qué te falta?

—Mi perro —gruñó Toni.

—¿El qué? —preguntó el profesor Kern.

Sabine descubrió la figurita de un perro sobre la mesa. La tapó con el pañuelo. El profesor se acercó. Sabine

---

[1] En alemán, *Ionen* = iones, *Ionier* = jonios. De ahí el equívoco. *(N.T.)*

puso el pañuelo en la parte trasera del nuevo asiento de Toni.

—No me falta nada —gruñó éste—. Sólo Florián, claro.

El profesor Kern se colocó junto al asiento de Florián.

—Aquí no harás el payaso, Mayer. Vamos a ver si me dices de una vez por todas algo razonable. ¿Cómo se mueven los jonios?

Toda la clase estalló en una risotada. Marialuise destacó con su voz chillona. El «ja, ja» profundo de Toni, apagándose lentamente, puso el acento final. Los gordos necesitan más tiempo para reírse.

«Vamos a no enfadarnos —pensó Max Kern—. El que tiene boca se equivoca. En lugar de enfadarme voy a reír con ellos.»

No lo consiguió. En alguna parte de su cerebro un segundo Max Kern oyó cómo el primero daba libre curso a su furia.

—¿Qué son los iones? Bien. No lo sabes. ¿Tendré que llamar a tu hermana pequeña de sexto para que te lea en tu libro de física lo que son los iones? ¿Has hecho, al menos, el dibujo en el cuaderno?

Levantó el cuaderno de Florián. Entonces se movió el libro de física y quedó al descubierto la provisión de chicle de Florián. El profesor permaneció mudo un instante.

—Oye —dijo después—, ¿cómo puede una sola persona mascar semejante cantidad de chicle? Eso es pésimo para la salud. Vete a tirarlo a la papelera.

—No —dijo Florián—. Necesito el chicle.

—Vas a tirarlo a la papelera. Y a ver si limpias tu cajón. ¡Qué porquería! ¡Chicle! ¡Fuera eso!

—Sólo son los envoltorios vacíos —objetó Florián.

—Ah. ¿Y esto de aquí?

El profesor Kern sacó del cajón algunas figuras y las colocó sobre la mesa de Florián: una foca, una tortuga, tres conejos, un cerdito y un zorro.

—¡Un parque zoológico completo! —exclamó—. De modo que así te entretienes durante mi clase. Ahora me explico tu extraña concentración.

Recogió las figuras de animales y las guardó en el bolsillo de su bata.

—No —dijo en tono suplicante Florián—. Déjeme al menos el zorro, por favor, que me ha costado mucho trabajo.

—La electrólisis es lo que tiene que darte trabajo y no... Pero ¿qué es eso que te ha costado trabajo?

—Los ha hecho él... de chicle mascado —explicó Toni.

—Eso es peor todavía.

El profesor Kern notó que empezaba a descomponérsele el tono de la voz y se contuvo. Avanzó hacia la mesa del profesor para dominarse. Moderó la voz de nuevo.

—Mayer, voy a pedir a tu madre que venga al despacho. Hay ciertas cosas que no pueden tratarse en este lugar... Sabine Mitterhöfer, explica la práctica.

Sabine habló con voz soporífera. Las palabras más difíciles le resbalaban suavemente por los labios: cationes, aniones, reacción... y liberación de oxígeno. Florián se tranquilizó. También Max Kern parecía tranquilizarse.

Florián le miró pensativo. ¿Su madre en el despacho? Bronca segura en casa: amenazas y prohibiciones, supresión de la paga semanal, televisión vetada, oficio de barrendero... y aquello de «aprende de tus hermanas pequeñas».

A lo mejor el profesor Kern no pensaba llevar a cabo su amenaza. Si Florián se lucía un poco en la próxima clase de matemáticas o de física, seguro que a Kern se le disipaba la ira. No debía gustarle que acudieran demasiadas madres al despacho.

Florián decidió no comunicar a su madre la invitación del profesor.

Se inclinó de nuevo sobre el cuaderno, sacó del bolsillo trasero del pantalón el último chicle salvado de la catástrofe y se lo llevó a la boca. Empezó a masticar.

El chicle se reblandeció pronto.

Florián lo escupió en el cuaderno y preguntó como de costumbre:

—¿Qué quieres que haga?

Ya no era Toni el que se sentaba a su lado.

Pero Sabine contestó con presteza:

—Un elefante que se sostenga sobre la trompa.

Florián se quedó sorprendido.

—¿Qué?

—Un elefante que se sostenga sobre la trompa —susurró Sabine sin apartar la mirada de la práctica—. Tieso hasta la punta de la cola. Las orejas bien abiertas para mantener el equilibrio. Eso es lo que quiero: algo imposible.

Florián reflexionó.

Tomó un lápiz.

Dibujó en su libro de física un elefante que se sostenía sobre la trompa.

—Podría hacerlo de arcilla —dijo.

2

—¡WEIDWIEDL!

Octavo A no contaba con un vigilante encargado de impedir que los alumnos se copiasen los deberes antes del comienzo de las clases de latín y de alemán. El viejo Weidwiedl jadeaba subiendo las escaleras y sus resoplidos se oían en todo el instituto. Necesitaba cinco minutos para subir las dos plantas que había entre la sala de profesores y el aula de 8.º A. Las subía con el ánimo de una locomotora de vapor casi exhausta.

Entró resoplando en el aula, se secó el sudor del enrojecido rostro y del abultado cogote y dijo con alegre serenidad:

—Un día me dará aquí el ataque.

—Pero que sea después de nuestro examen de bachillerato —contestaron los alumnos a coro.

Era el saludo ritual de los alumnos. En los últimos diez años el ritual había pasado de un curso a otro.

Weidwiedl examinó los deberes. Poseía un extraño instinto para descubrir los ejercicios que se habían hecho durante el recreo. No insistía en la censura y pasaba a enseñar, sin más, a los alumnos negligentes. Con su voz de trueno y su barriga pronunciada les inculcaba «lo que el ser humano debe saber». «Bueno, ya lo sabes», decía resignado.

Nunca se excitaba por las respuestas equivocadas; se limitaba a espantarlas con movimientos indolentes de sus manos pequeñas y gruesas. Repetía en voz alta las respuestas correctas, paseando por el centro del aula. De cuando en cuando tomaba una pastilla.

Eran innumerables los padres, alumnos y compañeros que le daban buenos consejos sobre la obesidad, la hipertensión y las palpitaciones cardiacas. Él pedía recetas escritas y las guardaba amablemente en una carpeta, sin hacer caso de ellas. Marialuise le preparó un tónico empleando ciertas fórmulas medievales. Él aseguraba que tomaba todos los días un trago, especialmente cuando tenía que corregir los cuadernos de 8.º A. Su gratitud por los cuidados de Marialuise tenía sus límites. A veces reprendía a la alumna por su poco esfuerzo en la memorización de palabras.

—Ser hermosa es poco —le decía.

No había clase en que no repitiera que él exigía lo mínimo. Pero, eso sí, a fondo.

—Staringer —jadeó—. Un mínimo de atención, por favor. No me mortifiques con tu desinterés. Los gordos necesitamos paz a nuestro alrededor. ¿Por qué te sientas ahora ahí detrás? ¿Qué pasa? ¿Malas influencias? ¿De Mayer? Anda, no me irrites. Te has alejado para poder jugar más impunemente. Enséñame a ver con qué juegas. ¿Con un perro pachón? Ése es tu Josephus en formato pequeño.

—Seppl —gruñó Toni.

—Dámelo —dijo Weidwiedl.

El profesor tomó el perro de chicle en sus manos y lo paseó por su mesa.

—Cuando alguien vuelva a recomendarme un perro contra la obesidad, podré jurarle que ya tengo uno. Staringer, traduce: «Yo tengo un hermoso perro con el que salgo de paseo todos los días».

—¿Cómo se dice perro pachón en latín? —preguntó Florián.

—¿Perro pachón? —repitió Weidwiedl secándose el sudor del cogote—. Mayer, es inaudito preguntarme algo que no sé. ¿Qué hacemos entonces?

—Describimos el pachón —contestó Sabine Mitterhöffer con dulzura.

—Describe.

—Tengo un perro doméstico de forma cilíndrica, con patas torcidas... —empezó Sabine.

La clase se fue animando.

—Muy curioso.

—De orejas caídas.

—Dotado para la caza.

—Ahora despiertan los dormilones —jadeó Weidwiedl.

En aquella clase se tradujeron diecisiete frases al latín, una cifra récord que Weidwiedl apreció en su justo valor.

Todas ellas estaban relacionadas con la descripción del perro pachón.

La traducción se efectuó entre risas y animados comentarios. Max Kern oyó el alboroto de 8.º A y pensó: «Pobre viejo Weidwiedl; nunca podrá mantener la disciplina».

Después de una primera clase desagradable de física, el profesor Kern dio otra, bastante agradable, en el aula de 7.º A, grupo en el que estaba la hermana de Florián Mayer. Bárbara era una chica silenciosa y formal, acaso demasiado silenciosa; pero casi sin esfuerzo había aprendido de memoria la densidad de la madera de roble y de la madera de pino. Una chica muy aplicada aquella Bárbara Mayer. Kern decidió recuperar el buen humor. Le apetecía tomar café con la profesora Kratochwil durante el descanso.

El café lo había preparado ella misma. Brigitte Kratochwil era profesora de arte; un tanto joven aún y un tanto desaliñada; pero sabía hacer café. La primera vez que coincidió con Kern, Brigitte observó sus preferencias: café claro, con leche caliente y dos terrones de azúcar. Brigitte preparaba algunos días cinco especialidades distintas de café, para satisfacer todos los gustos. El profesor de religión solía decir: «Brigitte ha hecho muchos cafés; por eso se le perdonará mucho.» Tenía razón. Los compañeros tenían siempre algo que perdonar a Brigitte Kratochwil: su corte de pelo, su pasado como pintora paisajista en el sur de Francia y su bata embadurnada de pinturas. «La pintarrajeada Brigitte», la llamaba el viejo Weidwiedl; pero éste, a las puertas de la jubilación, estaba ya más allá del bien y del mal escolares.

Había que perdonar a Brigitte, sobre todo, el estado indescriptible de las aulas y lo perdidos que se ponían los alumnos cuando daba sus clases prácticas de arte. «Brigitte no es mala —pensaba Kern—, hay que tener paciencia con los compañeros jóvenes. Darles tiempo, tratarlos con benevolencia y no criticarlos desde el principio; entonces se les puede moldear un poco.»

Cuando Kern entró en la biblioteca de los profesores, perdió la esperanza de pasar un rato agradable tomando café. Había discusión.

—Querida amiga —decía la catedrática Schneider—, el que cuida tan poco como usted su lugar de trabajo, tampoco puede exigir orden a sus alumnos. Hay restos de lana entre el papel de color, tubos de pegamento, recortes de papel...

—Estuve haciendo pruebas, pero sólo un rato —contestó Brigitte.

—¡Y cómo vienen los chicos del aula de dibujo...! A ver si en adelante los vigila un poco —continuó la señora Schneider—. Manos embadurnadas, caras salpicadas de colores... Mi media hora de clase de francés suele quedar en nada porque los alumnos desean, lógicamente, limpiarse... Y esos instrumentos asesinos con los que usted arma a los chicos: buriles, gubias...

—Eso fue para los grabados al linóleo —dijo Brigitte—. El próximo trabajo será adornar globos con cintas. Eso no es peligroso, aunque los alumnos se líen a globazos.

—En mis tiempos —dijo la catedrática—, en mis tiempos se dibujaban jarras o cebollas con su sombra, y a lo sumo un ave disecada del laboratorio de ciencias naturales.

—Mis alumnos —contestó Brigitte levantando la voz— deben ensayar con el color, el engrudo, la escayola, las fibras y demás materiales, todo lo que quieran. Eso les hace bien. Si tienen ideas, deben ponerlas en práctica. Si en algo fracasan, no me importa. También yo fracaso a menudo. No deben perder las ganas de hacer algo nuevo... Max, ¿por qué pones esa cara de preocupación?

Kern se dejó caer en un sillón.

—Ese Mayer de octavo A tiene ideas y tampoco le faltan ganas de llevarlas a la práctica. Cuando no debe, por supuesto. Mirad esto.

Sacó las figuras de chicle de su bolsillo y las fue colocando por orden de tamaño detrás de su taza de café.

—Las he encontrado en el cajón de su mesa. Florián se pasa la clase de física jugando al parque zoológico privado. Con un aire de ensimismamiento que en un primer momento me hizo sentirme orgulloso de mis dotes didácticas.

«Es mejor así; hay que reírse de uno mismo», pensó Kern para sus adentros.

Brigitte Kratochwil tomó el zorro en sus manos.

—Es una buena figura. ¿De qué la hizo? Esto no es plástico.

—Chicle —dijo Kern.

—¿La modeló él mismo?

—Con chicle reblandecido, sí, señora.

—¡Qué asco! —exclamó la señora Schneider—. Y nos pone usted eso ante las narices...

—Ese Mayer promete —dijo Brigitte—. Mira el hocico del zorro. Tendría que trabajar en barro.

—Por mí, que trabaje en barro todo lo que quiera —gruñó Kern—. Pero en tus clases y no en las mías.

—Lo hará —dijo Brigitte—. El modelado figura en nuestro programa. Voy a encargar arcilla. También conozco un taller donde se puede cocer el barro. Es muy divertido, oye. Debes visitar nuestra aula de dibujo y mirar lo que hacemos. Trabajos de cerámica y cosas parecidas.

—Veo que la educación artística moderna es algo realmente desagradable —dijo la señora Schneider, que se alejó en el acto.

Brigitte no le hizo caso.

—Te vas a asombrar —añadió en tono alegre— cuando veas los progresos que hace Florián Mayer conmigo.

—Bueno, tampoco en mis clases es tonto precisamente. De lo contrario no le hubiese dejado pasar a octavo. Pero no pone ningún interés, es irresponsable, hace payasadas. Lo siento por él. He citado a su madre para que venga al despacho.

—¿Por lo de los animales de chicle? —preguntó Brigitte—. ¡Vamos! Pobre señora Mayer. Es muy nerviosa y creerá que le ha pasado al chico algo terrible, que es un fracasado total y que sólo podrá ser barrendero.

—No exageres —dijo Kern.

—¿Yo? —contestó Brigitte—. Las madres son exageradas... ¿Es verdad que la has citado?

—Sí.

—¿No te basta con hablarle por teléfono?

—¿Tú crees que debo telefonearle?

—Naturalmente, Max. De lo contrario estará asustada toda la semana ante la idea de tener que venir al despacho... ¿Por qué me miras así?

—Porque tienes un aire especial cuando te enfadas. Y estoy pensando qué tal te sentaría el pelo corto. Más hacia arriba y echado para atrás.

Ella le miró fijamente.

—Lo que quieres es que se me olvide lo de llamar por teléfono a la madre de Mayer.

—Ya voy, ya voy —dijo Kern.

Brigitte oyó a través de la puerta entornada la conversación del profesor.

—Soy el profesor Kern. Sí, el profesor Kern. ¿Es la señora Mayer?... No, no pasa nada, ni a Florián ni a Bárbara les pasa nada. Mire, se trata de lo siguiente: he dicho hoy a su hijo que me gustaría hablar con usted en el despacho... No, no. También es posible por teléfono. Usted no tiene por qué molestarse en venir... Desde hace algún tiempo lo encuentro un poco soñador, demasiado ocupado con otras cosas, un tanto desequilibrado, unas veces excesivamente reservado y otras excéntrico. Sí, sí, junto con su amigo Staringer. Los he separado en bien de los dos. Yo quisiera rogarle que esté atenta por su parte... Sería una pena por el chico, que tiene condiciones. Si de pronto su rendimiento... Bueno, hoy no estuvo bien. Si se descuida, más tarde tendrá lagunas... No, por ahora no hay ningún motivo para alarmarse.

»Por eso la llamo a usted, para prevenir los problemas desde el comienzo... ¿La pequeña? Es muy buena y aplicada, siempre dispuesta... No, al despacho no... Muy amable. Naturalmente. Hasta luego... ¡Uf!

Brigitte se alejó de la puerta y le ofreció una segunda taza de café.

—Creo que te la has merecido, Max.

—Qué avalancha de discurso —dijo Kern—. Tienes razón; estaba muy preocupada. En el despacho me hubiera dado la lata.

Brigitte rebajó con leche caliente el último resto de café para Weidwiedl, al que oyó jadear por el pasillo.

—¿Está lo bastante cargado? —preguntó Weidwiedl con la cara enrojecida.

—Bastante, bastante cargado.

El viejo profesor lo tomó de pie, para no perder tiempo, antes de emprender la marcha hasta las plantas superiores.

Vio los animales sobre la mesa y se echó a reír.

—A mí también me dio uno —dijo, sacando del bolsillo el perro pachón—. Pero yo no se lo regalo a nadie.

3

LA señora Staringer dejó su labor y cubrió la mitad de la mesa de la cocina con un paño doblado.

—Por fin estás aquí, hijo. Tendrás hambre. ¿O has comido algo en el camino?

—Dos bocadillos de salchichas que me ha dado Sabine —dijo Toni—. Por no tirarlos.

—¿Sabine?

—Es la nueva de la clase —dijo Toni—. La sopa está buena. ¿Puedo servirme más?

—Sólo medio cazo, que vas a engordar demasiado.

Toni hurgó en el bolsillo del pantalón.

—Tengo que enseñarte algo, mamá.

—¡Un perro pachón! ¡Qué bonito! Se parece a nuestro Seppl. ¿Quién te lo ha dado?

—Me lo hizo Florián. El primer ejemplar era más hermoso aún. Pero me lo pidió Weidwiedl. Era más alegre. Éste es más serio.

—Ese Florián tiene talento.

—Ahora me han puesto en la clase detrás de él.

—¿Por qué, Toni?

—Porque a Kern se le ha metido en la cabeza. No puedes imaginar cómo se ha puesto Kern. Apenas hay un poco de animación en física, empieza a hacer cosas raras.

—¿Por qué hizo eso?

—No tengo ni idea. Porque sí... ¿Puedo comer un poco de esta torta?

—Un trozo pequeño, Toni, que debes guardar la línea. ¿Y dónde han puesto a Florián?

—Junto a la nueva.

—¿Y cómo es?

—¿Sabine? No lo sé.

—Algo sabrás.

—Bueno, algo sí.

—¿Qué?

—Tiene bocadillos de salchichas con... Y creo que también a ella le gustaría el perro pachón.

—Me lo figuro. ¿Y cómo lo hizo Florián?

—Con chicle. Primero lo mastica y luego le da forma.

—¡Aj, eso es repugnante!

—Repugnante no. Pero como es un chicle medicinal, no sabe bueno —explicó Toni—. En cambio, es más fácil de amasar que el chicle normal. Mucho más caro también, por desgracia.

—Entonces ¿no le iría mejor a Florián utilizar arcilla?

—Él preferiría la arcilla; pero no creo que le den dinero para esas cosas que tanto manchan.

—¡Ah, ya! Pero dime: ¿en las papelerías no se puede comprar una pasta que no necesite cocción? ¿Una pasta que se endurezca por sí sola?

—Es posible —dijo Toni.

—Entérate y le llevas esa pasta. De ese modo podrá modelar pachones alegres.

—DATE PRISA, que Paul ya está comiendo —dijo la abuela a Marialuise.

Marialuise fue a sentarse junto a su hermano. La abuela le había preparado una sustanciosa sopa de verduras. En aquel momento rebozaba rodajas de manzana y las ponía a freír para Marialuise. Cuando la madre llegaba a casa por la tarde, nunca tenía tiempo para hacer platos complicados. Y no podía soportar el olor de los fritos.

—Qué bueno, qué bueno —exclamó Marialuise. Y premió a su abuela por la buena comida contándole las últimas novedades del instituto.

—Florián Mayer le ha tomado el pelo a Kern —contó Marialuise—. ¡Vaya broma! Pero Kern se ha enfadado tanto, que quiere hablar con su madre.

—Tendrá que estar muy ofendido —dijo Paul—. Cuando no se toman en serio sus asignaturas, se pone frenético.

—¿Qué más ha pasado? —indagó la abuela.

—El profesor de música me ha puesto un diez y la profesora de inglés, dos.

Paul guiñó el ojo.

—Y en latín te dieron un bien que casi se queda en un suficiente.

—En latín tenemos a Weidwiedl y puntúa de forma distinta.

—Cuando llegues a tercero de bachillerato, se acabará eso de las notas. Entonces sólo se busca la supervivencia —dijo Paul.

—En mi caso, no —dijo Marialuise.

—¿Y qué ha sucedido? —preguntó la abuela.

—Nada. Aparte de que la nueva intentó ganarse a Kern con métodos muy poco nobles...

—¿Cómo es la nueva?

—Poco llamativa, diría yo.

—¿La conozco yo? —preguntó Paul. Su curso, tercero de bachillerato, estaba en la misma planta que 8.º A—. Creo que la he visto ya. ¿Es una chica alta, delgada, de piernas largas, con pelo rubio, cola de caballo y ojos grises?

—Es posible que hayas acertado. Lleva una cola de caballo pasada de moda. Trata de ganarse a todos como sea; a los chicos, soplándoles las respuestas; y a los profesores, haciéndoles la pelota.

—¿Cómo intenta ganarte a ti? —preguntó Paul.

—Yo no necesito que me sople nada —contestó Marialuise—. Sólo, a veces, en latín... La nueva dijo que le gustaría ir a nadar un día a la semana a una piscina cubierta, y como hay una aquí cerca... De todas formas yo no me meto en sus asuntos. Se sienta en clase junto a Mayer..., que pone cara de mártir.

La abuela miró a su nieta con cara preocupada.

—La nueva ¿vivía antes en el campo?

—Sí —contestó Marialuise—, pero no recuerdo dónde.

—No debe de ser agradable presentarse por primera vez en un aula sin conocer a nadie —dijo la abuela—. Y, además, pasar del campo a la ciudad me parece algo terrible. Debéis ser amables con ella. Quizá tú puedas influir en Florián para que se porte bien con la nueva, ya que es su compañero de pupitre.

Marialuise puso cara de asombro.

—Yo no voy a mezclarme en tales asuntos. Florián suele ser muy simpático, pero hay que...

—... aceptarlo tal como es —completó la abuela.

—Hay que tratarlo con tacto, quise decir —murmuró Marialuise—. Florián debería ser más prudente con los profesores. Dice siempre con franqueza lo que siente... La nueva ya sabrá arreglárselas por sí sola.

—Quizá puedas ir alguna vez al cine o al teatro con ella —dijo la abuela—. ¿O te gustaría invitarla a casa?

—Bueno, quizá en alguna ocasión —dijo Marialuise sin entusiasmo.

SABINE SILBÓ en las escaleras y siguió silbando al abrir la puerta de su casa. Oyó a la cotorra que parloteaba dentro. El ave, al oír el silbido, empezó a alborotar, agitó las alas y desgranó todo su repertorio de frases y palabras.

—Bussibussibussi —gritó—. Sabina-buena, Sabina-buena, apaga-la-caja-tonta.

Alborotó hasta que ella la sacó de la jaula y le permitió posarse en su hombro. También los tres cobayas emitían cortos chillidos en tono alto.

—Sí, sí —dijo Sabine—. Atenderé a todos.

Cogió zanahorias para los cobayas, golpeó con el dedo índice el acuario hasta que se le acercaron los peces y habló con ellos. Luego entró en la cocina, sacó del frigorífico una caja de aluminio y trató de descifrar la letra de su madre: «sopa de gallina, una persona». Echó la pastilla para hacer la sopa a una olla que llenó de agua y la puso sobre el fogón. Sobre la mesa de la cocina había una fuente de compota de manzanas, que la madre había dejado preparada por la mañana. Sabine se comió la compota.

—Y ahora vamos a telefonear, Burli.

—Pronto, pronto —gritó la cotorra.

Sabine fue a la habitación próxima, se sentó ante el escritorio de su padre y marcó el número.

—¿Qué tal estáis? ¿Me necesitáis para algo?

—¿Cómo estás tú? —oyó la voz de su madre—. ¿Tienes algo para comer?

—Estoy hirviendo la sopa. ¿Qué tal en la consulta?

—Hay gente desde las once. Muy bien para empezar. Dos cotorras, un gato siamés, un perro chino para vacunar y siete cobayas; todos bien cebados.

—Di a papá que no liquide ningún perro; nosotros nos hacemos cargo de todos.

—Sí, Sabine. No te preocupes... Y un lirón enfermo del estómago.

—Voy enseguida. Necesito verlo.

—Ya se lo han llevado... ¿Cómo?... Papá pregunta cómo te ha ido en el instituto.

—Bueno, ninguna novedad —contestó Sabine—. Aparte de que me han cambiado de sitio. Ahora me siento al lado de un chico. Se llama Florián Mayer. Una chica, Marialuise, me ha mirado con rabia por eso. Y en física me han preguntado —aquí Sabine se echó a reír—. Ya os contaré con detalle esta noche. Y otra cosa: al gordo, Toni Staringer, le he dado dos bocadillos de salchichas. Y también le he soplado en clase. Habla ya conmigo... de vez en cuando.

—Verás cómo llegarás a entenderte bien con todos. Es cuestión de acostumbrarse.

—Bueno... —Sabine carraspeó un poco—. En Grossgerlung se estaba mil veces mejor. Ahora me voy al corral a dar de comer a los conejos. Luego comeré yo y después...

—Hija, por favor. Come sin prisas. Me prometiste...

—Claro que sí. Puede que tenga tiempo para pasar por ahí esta tarde y sacar a pasear a Treff. Hasta luego.

La sopa estaba hirviendo. Sabine apagó el gas.

—Debes volver a tu jaula, Burli. Ahora les toca a los conejos.

BRIGITTE KRATOCHWIL se había citado con su amiga, que trabajaba en una agencia de publicidad, en el pequeño bar autoservicio. La amiga la estaba esperando.

—Por fin estás aquí, Brigitte. ¿Desde cuándo llevas ese nuevo peinado?

—Es una prueba que se me ha ocurrido. Se recoge el pelo con una goma, se dan dos vueltas a la cola de caballo y se hace un moño ayudándose con unas horquillas. Luego se sujeta con un pañuelo de colores. Un capricho. Acabo de hacérmelo; por eso me he retrasado. Perdóname.

—Te noto extraña, pero no te sienta mal. Lo que pasa es que ese peinado requiere otra blusa más alegre.

—Bueno, entonces tampoco pega el pantalón vaquero.

—Claro que no. ¿Cómo puedes llevarlo en el instituto?

—¿Quién me lo va a prohibir? —dijo Brigitte riendo—. Ellos no paran de darme buenos consejos... Pero yo me pongo encima la bata y entonces el pantalón vaquero ya no llama la atención.

—¿Y te sigue gustando la enseñanza?

—La enseñanza no se puede comparar con vuestra agencia de publicidad: agobio de los plazos, correspondencia, que ocupa noches enteras, y siempre la competencia implacable. No, yo prefiero el instituto. El sueldo es bueno y tengo las tardes libres, salvo una. Ahora tengo tiempo de nuevo para la pintura.

—¿Y los niños?

—¿Niños? Aún no pienso en eso. Primero una buena casa y un marido. Soy muy clásica, ¿sabes?

—Perdón, me refería a los chicos del instituto.

—Ah, ya. Están bien y yo me llevo de maravilla con ellos... ¿Qué tomas? ¿Un plato de ensalada, como yo?... Oye, ya te hablé de Max por teléfono, ¿verdad? Hoy le he dado un trapo y se ha puesto a secar las tazas de café sin rechistar. Sabe desenvolverse.

—¿Qué edad tiene?

—Treinta y seis años.

—Es curioso: me lo había imaginado mayor después de tu descripción... Será un tipo agradable, ¿no?

—Hay que remodelarlo un poco.

—¿Y esperas conseguirlo, Brigitte?

—No lo sé... Quizá... Creo que es un poco vanidoso...

LA SEÑORA KERN saludó a su hijo en la puerta de su casa.

—¿Cansado?

—No, hambriento.

Ella se alegró de la respuesta.

—Entra en el comedor. Te serviré enseguida.

El profesor Kern no tenía hambre. De camino a casa había comprado pasteles de vainilla y dio cuenta de ellos en el coche. Se limpió con el dedo la comisura de los labios. No, no se trataba de azúcar que pudiera delatarlo.

La madre ponía el máximo empeño en preparar la comida y era un deber filial llegar a casa con apetito.

Kern contempló con fruición la mesa puesta.

—¿Para qué casarme, si me va tan bien en casa?

La madre sonrió y colocó la fuente de sopa en la mesa.

«Albondiguillas de sémola, qué horror», pensó él. Se sentó y juntó las manos.

—La comida está ya bendecida, hijo —exclamó.

Max Kern tomó la cuchara y empezó a comer con un gesto que quería decir más o menos: «esta sopa no es muy buena que digamos».

—¿Qué novedades hay en el instituto?

A su madre le gustaba enterarse de las noticias más nimias. Y cuando él no contaba nada, le explicaba el argumento de las reposiciones en la televisión matinal.

—¿Cómo va lo de los iones?

—Un desastre —contestó él tragando la última albondiguilla—. No puedes imaginar el ambiente. Uno se esfuerza, habla y hace prácticas... y la mitad de la clase tiene la mirada ausente y vacía. Como si fuesen muñecos rellenos de paja... Mmm, esta salsa... y estos canelones... Lástima que estoy engordando.

—Por los pasteles de vainilla, Max.

—¿Pasteles de vainilla?

—Has dejado en el vestíbulo, sobre la mesa del espejo, una caja empezada de pasteles de vainilla.

Max se hizo el desentendido y pasó a contar el episodio del encuentro con Brigitte durante el descanso.

—¿Qué te apuestas a que se hace un nuevo peinado? Es natural que una persona joven como ella no se adapte a los métodos de sus compañeros. La he invitado a una agradable excursión. Veremos en qué queda.

—Ven un día con esa joven. Me interesa conocerla. Creo que traerá aires nuevos a vuestro establecimiento.

Max dejó el cubierto sobre la mesa.

—Mira, madre, siempre que dices establecimiento, tengo la sensación de que estás pensando en el psiquiátrico.

—Es una impresión equivocada, Max —contestó la anciana señora—. Sigue contando. ¿Qué peinado le sentaría bien?

—Cualquiera, con tal de que desaparezcan esas greñas que lleva. No tiene un aspecto muy presentable, ¿sabes?

—Comprendo. Vosotros queréis cambiarla, retocarla un poco. ¿Crees que lo vais a conseguir?

—Los otros, no. Yo, tal vez... veo ciertas posibilidades. Creo que ella es algo coqueta.

—¿Qué quieres de postre?

—Nada, por Dios —contestó Max.

—Pero deja el trabajo para un poco más tarde —le suplicó la madre—. Esos montones de cuadernos... Ni siquiera son cuadernos de exámenes.

Son tan sólo cuadernos de deberes.

—Es que, si no los controlo de modo permanente, al menos en los grados inferiores... no hacen nada. Hazte cargo.

—Yo estoy convencida —dijo la señora Kern— de que no todos tus compañeros corrigen los deberes. Se conforman con mirar los exámenes.

—El profesor Weidwiedl corrige los deberes incluso en el bachillerato.

—Ése sí. ¿Qué tal está?

—Como de costumbre. Tensión alta, fallos cardiacos... Pero que no le falte el café cargado al viejo testarudo, aunque no le siente bien.

El profesor Kern se levantó y se desperezó estirándose.

—No voy a empezar a trabajar inmediatamente. He encontrado algunas adivinanzas matemáticas en un libro. Para personas inteligentes y expertas. Muy interesante. También pasaré un rato haciendo juegos de magia. Ya me sé el truco de la esfera de papel de estaño que se calienta. También he aprendido lo de la moneda que desaparece en el vaso de agua. Sólo se me resisten los juegos que requieren habilidad en los dedos. Hace falta mucho ejercicio.

Su madre sacudió la cabeza.

—¿Qué buscas con eso?

—Cuando me invite octavo A a la fiesta de carnaval, estaré preparado.

—¿Sabe alguien del colegio que haces juegos de magia, Max?

—Nadie. Ni siquiera el conserje. Creerían que estoy loco.

LA MADRE REFLEJABA una extraña tensión en la cara.

«Ya se ha enfadado por algo», pensó Florián. Colgó la chaqueta en el perchero, entró en el baño, se lavó las manos haciendo borbotear el agua para que todos se enterasen, fue a la cocina y se sentó a la mesa.

—Retira la cartera del vestíbulo —dijo la madre.

Su voz sonó tensa y contenida.

«Parece que está muy enfadada», pensó Florián.

Se levantó, fue al vestíbulo, donde estaba tirada su cartera, la recogió y la llevó a la sala de estar. Había allí un escritorio. Y también, por desdicha, el piano, que en aquel momento tocaba Franziska, su hermana menor.

—Uno, dos tres —contaba la niña.

Cuando entró Florián, la niña se volvió hacia él y le dijo en voz baja:

—Mamá está malhumorada. Por eso he venido a tocar el piano. Mira cuántos ejercicios he hecho.

Enseñó a Florián el cuaderno en el que marcaba puntos por cada pieza tocada. Florián leyó: «La mayor», tres puntos. Eso significaba: pieza tocada tres veces. «El cuco y el asno», seis puntos. «Minueto», dos puntos.

—El «Minueto» es muy difícil —dijo Franziska.

—Has trabajado mucho —dijo Florián.

Se alegró de que Franziska llevase tanto tiempo tocando. Por la tarde habría silencio en la sala de estar.

Florián fue a la cocina. Su hermana Bárbara estaba secando la vajilla. Miró a Florián con curiosidad, como esperando algo. ¿Esperaba Bárbara que la madre descargara su enfado en Florián?

Éste miró a Bárbara con cara de pocos amigos. No la podía tragar.

La madre puso un plato delante de Florián. Los días en que los hijos volvían a casa a distinta hora, hacía comidas que podía recalentar con rapidez. Esta vez había preparado carne con verduras.

Preguntó a Florián:

—¿Qué sucedió hoy en el instituto?

—Nada de particular —contestó Florián.

—¿Y qué entiendes por nada de particular?

—Nada en absoluto —dijo Florián—. Todo tan rutinario como siempre.

—De modo que no ha sucedido nada —dijo la madre.

Su cara estaba salpicada de manchas rojas y sus labios pálidos, como siempre que se enfadaba.

Bárbara limpió despacio y a fondo un vaso, sonriendo.

—¿Cómo está Toni? —preguntó Bárbara de pronto.

—Bien —contestó Florián con la boca llena.

—¿A quién tiene de compañero en clase? —siguió preguntando Bárbara.

Florián vaciló.

—A mí..., como siempre.

Bárbara se echó a reír.

—Florián no sabe disimular cuando miente.

La madre se enfadó.

—Bárbara, no te entrometas... Vamos a ver, Florián. Hoy, el día en que no ha pasado nada de particular, el profesor Kern me ha llamado por teléfono. Asunto estrictamente personal.

Florián guardó silencio. No se lo esperaba.

La madre hizo un gesto con la mano a Bárbara para que abandonase la cocina.

—Ha dicho que eres el payaso de la clase. Tus fallos son cada vez más graves. Si esto sigue así...

Las manchas rojas se iban haciendo mayores y más oscuras. A Florián le resultaba penoso mirarla a la cara y fijó los ojos en el plato de carne con verduras.

—El susto —dijo la madre con voz muy débil—, el susto que me llevé al ver que me llamaba personalmente... En un primer momento pensé que te había pasado algo. No fue lo que me temía, pero sí algo muy grave. ¿Qué va a ser de ti, Florián? Y, además, mientes. De modo que no sucedió nada en el instituto... El profesor te separó de Toni y te encargó que me dijeras que quería hablar conmigo acerca de ti. No me has dicho nada. ¡Qué manera de mentir!

Y una se agota por vosotros, sólo por vosotros, para que estéis bien en casa y tengáis la posibilidad de aprender algo de provecho... Mira, yo también podría ejercer una profesión como otras madres y llevaría mi vida social sin tener que estar atada a la casa... Lo hago por vosotros, para cuidaros y ayudaros en los deberes, para que no seáis unos maleantes y degenerados y no llevéis una vida arrastrada como los chicos que están solos. Y ésta es la recompensa que recibe una: el engaño y la mentira.

—No fue nada de particular. El profesor Kern dice cosas raras —murmuró Florián.

—El profesor Kern fue muy amable y se mostró muy preocupado —replicó su madre—. Quiso evitarme la visita al colegio. Por eso me ha llamado por teléfono.

—Es un tío hipócrita —dijo Florián—. De ahora en adelante no le voy a creer una palabra. ¿Preocupado? Ja, ja. Fastidia siempre que puede y es un creído. Fastidia a todos.

—A Bárbara la ha elogiado —dijo la madre.

Bárbara estaba en el vestíbulo, escuchando.

Asomó la cabeza por la puerta. Le brillaban los ojos.

—¿Qué dijo de mí el profesor Kern, mamá? ¿Qué dijo?

—Que eres buena y aplicada —contestó la madre.

Florián sospechó que Bárbara conocía ya todos los detalles de la conversación telefónica. Era la predilecta de la madre. Franziska lo era del padre. Él era el garbanzo negro.

—Parece mentira que los hijos puedan ser tan diferentes —suspiró la madre—. No lo entiendo. Mira a tus hermanas, qué formales y buenas son. Cuando llegue papá cómo se va a poner, Dios mío.

—No hace falta que se lo cuentes enseguida —gruñó Florián.

Aquella semana su padre no regresaría a casa hasta el viernes. Era representante de una editorial y viajaba mucho. Hasta el viernes, Florián tendría tiempo para sacar buenas notas, repasar la física y apaciguar a la madre.

Pero Bárbara se entrometió.

—Eso no se puede ocultar a papá.

Florián no pudo contenerse más. Se levantó del asiento y agarró a Bárbara del pelo hasta hacerla chillar. Ella intentó defenderse a puntapiés y arañazos. La madre los separó.

—¡Bárbara, basta! ¡Florián, desaparece de mi vista! Mi paciencia ha llegado al límite. ¡Vete a estudiar!

Florián se fue a la sala de estar, donde Franziska seguía aún sentada delante del piano. Interrumpió su cuenta de uno-dos-tres y dijo, siguiendo el compás con la cabeza:

—Espero que le habrás dado a Bárbara su merecido. Ayer estuvo contando las veces que yo tocaba el minueto. Le dijo a mamá que me había anotado demasiados puntos. Por eso mamá me tachó tres. El minueto me resulta tan pesado...

—Sigue tocando —dijo Florián—. Después pondré un punto gordo en tu cuaderno y por hoy habrás hecho suficiente ejercicio.

—Dim, da, da; dim, di, di, dim, canturreó Franziska mientras tocaba.

«Qué lástima —pensó Florián— que Franziska no sea un hermano. Podría compartir conmigo el cuarto, y en caso de querer estar solo, me bastaría con despacharla. Pero no es así, y no hay un sitio donde uno pueda estar solo. Donde uno pueda hacer lo que le da la gana si quiere hacer lo que le da la gana. Donde no le estén observando a uno continuamente, a ver si estudia o no. Y qué lee.»

Fue al vestíbulo, se puso la chaqueta y gritó en dirección a la cocina:

—Voy a casa de Toni a estudiar matemáticas.

—No, tú te quedas en casa.

—Se lo he prometido —dijo Florián—. Y su madre ha quedado en que vaya y estudie con él.

«De mentir, hay que hacerlo con inteligencia. Además, ella me tiene por un mentiroso.»

Fue a casa de Toni y le pidió que le dejase el perro. Lo paseó por la ciudad durante dos horas, desde el comienzo de las obras del ferrocarril suburbano hasta su final.

WEIDWIEDL se fue a su casa andando. Compró en una tienda un bocadillo de hígado, pues el día era demasiado espléndido para sentarse en un bar y esperar al camarero. El cielo otoñal era suavemente azul. Contra él se destacaban las grúas de los edificios en construcción. Weidwiedl se aflojó la corbata y al fin se la quitó, guardándola en el bolsillo del pantalón. La caminata le sofocó y el corazón empezó a latirle con fuerza. En un pequeño parque que había sido ya sacrificado parcialmente en aras de las obras del suburbano, se sentó en el único banco que aún quedaba. Suspiró de placer. El sol le dio en el rostro, en las rodillas y en el bocadillo de hígado. Cerca de él, en un arbusto, cantaban invisibles gorriones.

Llegó, desde las obras del suburbano, un obrero que llevaba chaleco protector y casco de color anaranjado. Se quitó el casco, se enjugó el sudor de la frente y fue a sentarse junto a Weidwiedl.

—Hola, abuelo —dijo—. Un día que ni pintado, ¿verdad?

—Sí —contestó Weidwiedl.

El obrero desenvolvió un bocadillo de salchichas y empezó a comer.

—Esto hay que disfrutarlo —dijo mientras comía despacio—. Sentarse al sol, tomar unos bocados y oír cantar a los gorriones.

—Y ver cómo corre la gente —dijo Weidwiedl, dando un mordisco a su bocadillo de hígado.

—Sólo los niños tienen tiempo para mirar —dijo el obrero, señalando con el mentón a un chico que llevaba de la cadena un perro—. Ése está mirando y nada se le escapa, puede usted creérmelo.

—Lo creo —contestó Weidwiedl lanzando una mirada al chico y al perro.

—¿Dónde ha comprado usted el bocadillo de hígado? —preguntó el obrero.

—Dos bloques de casas más atrás, en la carnicería de azulejos.

El obrero inclinó la cabeza.

—Usted puede encontrar bocadillos de hígado mejores aún ahí arriba, en casa de Zachinger.

—Los probaré —dijo Weidwiedl.

El obrero había acabado el bocadillo y se levantó.

—Bueno —dijo—. Hasta otra ocasión. Dentro de cinco años yo también estaré jubilado.

Weidwiedl caminó con el obrero hasta la zanja de las obras del suburbano. Grandes excavadoras extraían una tierra de color gris azulado.

—¿De qué le viene ese color tan azul a la tierra? —preguntó el chico, sin quitar la vista de la excavadora.

—Eso es arcilla —dijo el obrero—. Arcilla mezclada con hierro y manganeso.

4

«BIEN —pensó Max Kern mientras daba la clase de matemáticas a 8.º A—. Un primer éxito.»

El alumno Mayer ocupaba su puesto, muy callado, sin mirar a izquierda ni a derecha, sin hablar ni mascar chicle. Estaba resolviendo ecuaciones.

«Su madre le ha dado un repaso —pensó Kern—. Eso se nota.»

Florián estaba realmente muy callado. Con cara de sorpresa y un tanto triste. «Qué diferencia», pensó. Y escuchaba los nuevos ruidos que llegaban de la derecha, ruidos insólitos y molestos: frufrú de tela lisa, leve tintineo de finos brazaletes de plata, afilar o rodar de lápices, crujidos cuando, disimuladamente, la nueva compañera quitaba el papel a un caramelo. Y siempre un ligero crujido cuando Sabine Mitterhöfer se movía en su asiento; era una persona que, al parecer, no podía estar quieta. Volvía la cabeza constantemente, la muy curiosa, y entonces le flotaba la larga cola de caballo rojiza como una bandera al viento. Llevaba ligeramente onduladas las puntas del cabello. En una ocasión los bucles pasearon por el hombro de Florián y le rozaron la oreja haciéndole cosquillas.

¡Qué diferencia!

Toni era una masa humana: amable, bonachón e inmóvil. Sólo afilaba el lápiz en caso extremo y nunca sentía la necesidad de hacerlo rodar por la mesa. Era una mole apacible, de hábitos estables. Sentarse a su lado había sido un placer; sólo ahora se daba cuenta Florián.

Toni olía siempre a bocadillo de salchichas y a naranjas frescas. Pero Sabine Mitterhöfer... Florián olisqueó con desconfianza, y no pudo notar ningún olor. Pero... ¿sería verdad? ¿Cómo era posible? ¿Sería que Sabine se había gastado la paga de octubre y no podía ponerse ya cremas ni perfumes? Marialuise olía intensamente la primera semana de cada mes, en que rociaba también a sus amigas con unos frasquitos de colores variados. Su hermana Bárbara gastaba la mayor parte de su paga en champús y cremas, hasta tal punto que ninguna persona normal podía aguantar en el baño después de haber estado ella.

¿Era posible que una chica no oliera a nada?

Florián miró de reojo a la derecha. El pantalón vaquero de Sabine llevaba costuras blancas a los lados y parecía bastante nuevo. Vestía una blusa de manga larga y en la tela brillante y rumorosa corrían seis perritos, uno detrás de otro, pintados en seis colores como mínimo. Con la continua movilidad de Sabine parecía como si los perros saltaran. Toni llevaba siempre el mismo jersey gris y azul; junto a él, una persona podía concentrarse en la lección sin dificultad. «Ese Kern no tiene idea de lo estúpida que es la nueva distribución de puestos», pensó Florián.

Durante el recreo, en el patio, Marialuise se hizo la encontradiza con Florián. Le hizo morder de su manzana y le preguntó qué tal le iba junto a la nueva.

Florián se encogió de hombros.

—¿Te has enamorado ya de ella? —le preguntó.

—¿Yo? ¿Yo? —contestó Florián—. ¿Estás loca?

—Podría ser, ¿no? —dijo Marialuise, riéndose—. Es muy amable y tiene ojos grandes y piernas largas.

Florián se enfadó. ¿Qué pretendía insinuarle la tonta de Marialuise? Ya era bastante desgracia no poder sentarse junto a Toni. ¿Debía hacerse, además, sospechoso de interesarse por las chicas?

—También las arañas tienen ojos grandes y piernas largas —contestó.

Marialuise estalló en una carcajada que se oyó en todo el patio.

—Florián ha comparado a la nueva con una araña porque tiene piernas largas y delgadas.

Pronto lo supieron todas las chicas de 8.º A y la mayoría de los chicos.

Marialuise supo al fin de qué hablar con Sabine.

—No debes guardarle rencor —dijo a Sabine cuando se cambiaban en el vestuario de las chicas para la clase de gimnasia—. Él, probablemente, no piensa así en el fondo. Le habrá llamado la atención lo delgada que estás.

Sabine miró a Marialuise. Ésta no era delgada precisamente.

—Si yo no le guardo rencor... —dijo Sabine—. Tiene razón. Yo, por ejemplo, en comparación contigo no tengo pecho... y soy delgada: sólo cincuenta y dos centímetros de cintura. ¡Si supieras cómo me anima mi madre a comer!

—¿Cincuenta y dos? —dijo admirada Marialuise.

—Y puedo comer lo que quiero —dijo Sabine—. A mí nada me engorda. Anoche comí una loncha de jamón, dos costillas con salsa, una tarta de Malakoff con natillas...

—¡Basta! —dijo Marialuise—. Se me hace la boca agua.

—Sí —dijo Sabine con semblante triste—. Quieren cebarme, y no lo consiguen.

Marialuise se había repuesto.

—Bueno, cada cual tiene sus problemas. En este punto yo tengo más suerte: debo sacrificarme a la hora de comer, pero no me llaman *Araña*.

Toni acompañó a Florián después de la clase hasta la puerta de su casa. Se comió dos panecillos y unas salchichas.

—Dime —murmuró entre dos mordiscos—, ¿cómo se te ha ocurrido lo de la *Araña*?

—*¿Araña?*

—Sí, a Sabine. Todos la llaman así.

—Yo no la he llamado *Araña* —dijo Florián—. Tampoco hablo con ella. Me es indiferente el nombre que le den. ¿Qué tengo que ver yo con Sabine?

—Era sólo por saber —dijo Toni—. Bueno, adiós. Y no olvides el repaso de física.

Florián había decidido sacrificar media tarde para el repaso de física. Esa idea le hacía sufrir. Después de estudiar el embrollo de los iones, necesitaba alguna relajación o recompensa. Al menos un pequeño paseo. De lo contrario le faltarían fuerzas para ponerse a estudiar.

Nada más comer se sentó en la sala de estar y empezó a estudiar. Permitió a Franziska tocar el minueto, pero Bárbara quería oír el programa «Diversión a las tres» y él la expulsó de la sala.

Estudió intensamente durante dos horas, pronunciando las palabras en voz baja y alta, subrayando las frases importantes del cuaderno marcadas con lápiz rojo, y las menos importantes, con lápiz verde. Escribió además unidades y fórmulas en una ficha para estudiarlas por la noche en la cama y poner a continuación la ficha debajo de la almohada. A las dos horas le apeteció un bocadillo de manteca de cerdo y tuvo la sensación de que había hecho una hazaña.

—Voy a tomar el aire —dijo a su madre.

—Haces bien —contestó ella.

Florián dio tres vueltas alrededor del bloque a paso ligero; luego una vuelta más, lentamente, saboreando la vida y mirando los escaparates. El panadero había expuesto en el escaparate una media luna enorme, espolvoreada de azúcar, suspendida de un lazo rojo. Así era la media luna con que soñaba Toni. El escaparate de la tienda de máquinas de escribir estaba decorado con espigas y flores. Había manzanas y nueces entre las máquinas. Las manzanas eran de cera.

La pequeña papelería de la esquina exhibía variados colores, como de costumbre, y carecía de ornamentación. Sólo un cartel escrito a mano adornaba el escaparate: «Para que el aprender sea un placer». Baterías enteras de rotuladores, lápices de colores y bolígrafos dirigían sus puntas hacia el espectador; los sacapuntas en forma de *skylab* eran el último grito de la moda. Sobre una pila de cuadernos escolares había algunos animales de plástico en color negro.

Florián contempló los animales. Había entre ellos una araña con un cuerpo velludo del tamaño de un chelín y patas largas y vibrantes. Florián imaginó a la araña posada en el cuaderno de física de Sabine. La araña de la *Araña*. La araña para *Araña*.

Florián sonrió con malicia.

Entró en la tienda.

—Una araña fea, por favor.

La tendera conocía a Florián desde que iba a la guardería. Le presentó una gran caja con animales de plástico y le dejó rebuscar. Florián revolvió las figuras hasta que encontró una araña. Tenía unos pequeños garfios en la parte inferior del cuerpo.

—¿Me permite? —preguntó Florián, y acto seguido le lanzó la araña.

El animal velludo quedó adherido al jersey de la tendera.

—Me la llevo —dijo Florián.

La tendera sonrió.

—¿A quién quieres asustar, Florián? ¿No será a Franziska?

—No. A una chica de mi curso.

—Franziska ha crecido mucho. Es increíble. Ayer estuvo aquí para comprar una regla. Me dijo que ya va a sexto.

—Y yo a octavo.

—Dios mío, cómo pasa el tiempo.

Le hizo el cinco por ciento de rebaja en el precio de la araña.

Al anochecer, la madre preguntó a Florián si quería que le ayudara a repasar.

—No es necesario —contestó él.

Entonces ella se fue con Bárbara a su cuarto para ayudarla en aritmética y Franziska se refugió en la sala de estar con Florián, se acomodó en el diván y comenzó a leer tebeos.

—Qué malo es no encontrar un sitio tranquilo porque siempre hay alguien estudiando —dijo.

Florián asintió con la cabeza, y le perdonó los ruidos que hacía al pasar rápidamente las páginas y sus risas constantes por cada chiste. Preparó la cartera para el día siguiente y colocó la araña en el estuche de la pluma.

—HOY TE ACOMPAÑO un trecho —dijo a Sabine su padre.

Aquella mañana se habían levantado tan temprano que tuvieron tiempo para pasear con Treff por el parque. Treff ladraba e importunó a Sabine con su húmedo hocico hasta que ella accedió a hacer una carrera con él. Entregó la cartera a su padre y corrió con el perro por el parque vacío. Espantó en el estanque a dos cisnes; las rosas se estremecieron cuando Sabine y Treff pasaron cerca de ellas. Corrieron hasta la caseta del higrómetro, para regresar junto a su padre.

—Bravo —dijo él, acariciando a Treff.

Treff era un «terrier», ya bastante viejo, pero en buena forma y activo. Hacía unos años su dueño lo llevó al veterinario para que lo liquidara sin dolor. «Regáleme el perro», le dijo el doctor Mitterhöfer.

Sabine tenía las mejillas encendidas por la carrera.

—Cuando yo conocí a tu madre —le dijo papá—, ella tenía dieciséis años y era alta y delgada como tú. En la clase la llamaban poste de telégrafo, y la Dirección hizo saber a tu abuela que la mala Hilde pegaba en los recreos a los pobres chicos. Tu madre era mucho más alta que yo; me sacaba la cabeza, y aún no he podido alcanzarla. Era también ágil y flexible y se aprovechaba de ello descaradamente en las luchas cuerpo a cuerpo. Más tarde adquirió unas proporciones muy armoniosas y hoy se la puede presentar en cualquier sitio, ¿verdad?

—Sí —dijo Sabine.

—Cuando tengas un hijo el día de mañana, un hijo espigado y flaco que sienta algún complejo por ello, ya puedes contarle dos historias: la del poste de telégrafo y la de la araña —le dijo su padre—. Y cuidado con enfadarte por los apodos, porque entonces no podrás consolar un día a tu hijo.

—¡Ah! —dijo Sabine—. Ya le enseñaré yo a defenderse...

Habían llegado al portal del instituto. Sabine dio un beso a su padre, se secó el sudor de su cara, hizo sentarse a Treff y darle la pata. Treff puso su pata velluda, de color castaño, en la mano de Sabine.

—Maravilloso —dijo Toni, que estaba junto a Florián delante del portal y comía el tercer bocadillo de su desayuno—. Mi Seppl no sabe hacer eso.

Sabine le hizo una seña. Toni apretó el paso, llegó y consiguió que Treff le diera la pata.

La primera clase —inglés— fue decepcionante para Florián. Sabine estuvo tan inmersa en el trozo de lectura que no se fijó en la araña que paseaba por su cuaderno, aunque casi la tocó con la mano. Florián tuvo que buscar un sitio más adecuado para el feo animal. Por fortuna, Sabine se volvió hacia Toni y habló con él, de forma que Florián pudo recoger la araña y aguardar una mejor ocasión. La ocasión se ofreció en la clase de latín. Sabine apiló el libro, la gramática y el cuaderno de ejercicios, pero Florián logró empujar la araña con una regla hasta dejarla encima del bolígrafo de la chica.

Weidwiedl se arrastraba jadeante de mesa en mesa y comprobaba las palabras; miraba sólo a los alumnos y no lo que había en sus mesas. Florián aguardó. Movió su silla un poco hacia la izquierda y se sentó en diagonal para no perder de vista a Sabine. Tenía que llegar el momento en que Sabine usase el bolígrafo. Estaba bastante inquieta, se movía de un lado a otro y observaba a Marialuise.

—*Vici* —vociferó Weidwiedl con la cara encendida—. Quiero estar seguro, antes de que me dé el ataque, de que sabéis las formas principales del verbo *vincere. Veni, vidi, vici.* César era un golfo, pero esta frase debe conocerse hasta en el jardín de infancia. Anotadla en el cuaderno. Venga, Staringer, muévete. ¡Schmied, Mayer, Cerny! ¡Mitterhöfe Sabine! ¡Oh! Si tú también echases mano del bolígrafo. Una oración optativa, para que sepas usarla.

Rumor de bolígrafos y crujir de hojas de cuaderno. Florián contuvo el aliento.

Sabine no escribió. Tomó con precaución el bolígrafo con la mano izquierda y lanzó con la derecha el feo animal. La araña voló rauda sobre el pasillo central y aterrizó en el jersey rosado de Marialuise, que gritó como una histérica.

—¡Quitadme eso de encima, puaf..., auxilio..., iiiiii!

Cuanto más chillaba, más vibraban las patas de la araña.

El alboroto en la clase fue enorme, Toni Staringer arrancó con sus gruesos dedos el velludo animal del jersey de Marialuise. De sus garfios colgaban hilos rosados de lana.

—Es bonita —dijo Toni con su voz más cavernosa.

—Podéis sentaros de nuevo —jadeó Weidwiedl—. Dad a Marialuise un pañuelo limpio para que se seque las lágrimas. ¿Alguien tiene algodón para taparme los oídos? Y que sea antes de que la próxima araña venga volando y Marialuise chille de nuevo. ¿De dónde salió esa araña?

Sabine se delató. Tenía la cara triste y la respiración entrecortada.

—Lo siento mucho. Pero no he podido hacer nada para impedirlo. La araña se posó de pronto en mi bolígrafo; era gorda y fea, y le temblaban las patas...

—Uah... —lloriqueó Marialuise.

—Yo me asusté mucho —dijo Sabine—. Fue un movimiento reflejo, señor profesor.

Weidwiedl se acercó a Sabine y le hizo explicar la posición del bolígrafo y de la araña.

—Bien, bien —suspiró Weidwiedl—. Parece que hay reflejos muy extraños, ¿verdad, Sabine Mitterhöfer? Bien, los dos estamos de acuerdo. ¿Y quién te ha obsequiado con la araña? ¿Era para ti?

Sabine vaciló.

—Es posible, pues desde ayer todos me llaman *Araña* porque soy delgada...

—Ajá. Entonces la araña es propiedad tuya, por decirlo así. Marialuise, ¿estás de acuerdo en devolver la araña a tu compañera?

—Uah —gimió Marialuise.

—La tengo yo —dijo Toni—. Es una obra maestra. Creo que se vende en la pequeña papelería de...

—Puedes quedarte con ella —le atajó Sabine.

—Volvamos a la rutina diaria —jadeó Weidwiedl—. ¿Qué hemos anotado en el cuaderno? *Veni, vidi, vici*. ¿Qué significa eso, Sabine Mitterhöfer?

—Llegué, vi y vencí —contestó Sabine.

—Correcto —gruñó el profesor.

Florián pensó que también la clase de latín había sido decepcionante. En lo concerniente a Sabine, se entiende.

FLORIÁN sacó su cuaderno de física, repasó el tema de la última clase y esperó su oportunidad.

«Ajá —pensó Max Kern al observar que el alumno Mayer se apuntaba voluntariamente para el repaso de física—. Otra señal de enmienda.»

Pero aquel día no deseaba voluntarios, porque había marcado dos nombres en su lista y no le gustaba alterar el orden del examen oral una vez que lo había fijado.

Preguntó, pues, a otros alumnos a los que quería espabilar, comprobó que la mayoría eran perezosos y apáticos y no dejó a Florián contestar ni aun a preguntas aisladas. Le llamó, en cambio, a la pizarra en matemáticas. Mientras Florián resolvía una ecuación, Kern hojeó su cuaderno de ejercicios y marcó con tinta roja los más y menos equivocados.

—Eres descuidado, amigo —le dijo—. Manejas los signos más y menos a lo loco; el cuarto ejemplo está equivocado.

—Ayer dediqué tanto tiempo al estudio de la física —contestó Florián— que el cuarto ejemplo...

—Hay que saber distribuir el tiempo —dijo Kern—. Repasa estos ejemplos en casa y estudia los números doscientos siete al doscientos once del libro. La inseguridad en los signos más y menos te puede hacer perder puntos valiosos en el examen. Has entendido, pero entender es demasiado poco. Mientras reflexionas si has de poner el signo más o el menos, el tiempo corre y en situaciones de estrés como es el examen te pondrás nervioso. El único remedio es: ejercicio, ejercicio, ejercicio.

A la hora del café, el profesor Kern dijo a Brigitte:

—Lo más importante es estimular y motivar a los alumnos antes de que sea tarde. Yo lo hago expresamente con Mayer, de octavo A. Siempre da buen resultado tratar individualmente a los chicos, con ejercicios adaptados, etc. Se precisa para ello, obviamente, una buena dosis de paciencia, pues si yo le pongo ejercicios especiales, también debo corregirlos.

—Tu planteamiento me parece excelente —dijo Brigitte—. Yo lo tengo más fácil en educación artística y manual. Y dispongo de más tiempo libre que tú, mucho más tiempo; esto debo reconocerlo.

—¿Qué haces en tu tiempo libre? —preguntó Kern.

—Pintar —dijo Brigitte—. Estoy acumulando tantos cuadros que quizá me anime a hacer de nuevo una exposición.

—¿Y qué más haces, además de pintar?

—Cocinar... y coser... —dijo—. Ayer empecé una blusa... con volantes.

—Quehaceres de verdadera ama de casa. ¿Y qué más, aparte de pintar, cocinar y coser? ¿Nunca vas al teatro?

—Claro que sí —dijo Brigitte—. Tengo una amiga que me acompaña de cuando en cuando, porque sola, ya sabes, es menos agradable.

Brigitte aguardó a que él apurase la taza de café; entonces le sirvió de nuevo y dijo:

—La nueva obra de guiñol que están representando en el Serapionstheater debe de ser excelente: ¿tú has oído hablar de ella?

—No. Pero puedo informarme.

La respuesta no indicaba mucho entusiasmo. Brigitte

se sintió decepcionada. Y su nuevo peinado tampoco mereció ningún elogio de Max Kern.

POR LA TARDE, Bárbara vio por casualidad el cuaderno de matemáticas de Florián.

—Hola, el profesor Kern ha gastado dos bolígrafos rojos.

—¡Cállate! —dijo Florián.

Pero su madre, que estaba ya sobre aviso, se acercó y descubrió el pastel.

—Pero ¿cómo puedes ser tan insensato, justamente ahora, cuando el profesor Kern está prevenido contra ti... para hacer unos ejercicios tan descuidados?

Florián se encogió de hombros.

—¿Y qué tal en física, Florián?

—No me han preguntado.

—Vaya. ¿Es cierto?

—Puedes llamar por teléfono al señor Kern y preguntarle.

—Florián, no te descares conmigo. Siéntate y repasa esos ejercicios. Y puedes despedirte hoy de la televisión.

«Un día aciago —pensó Florián cuando tomó asiento delante del escritorio—. Una decepción tras otra.»

Eso sacó en limpio del estudio de la física.

Todo había sido en balde.

«Mamá es vulgar», pensó.

«Bárbara es vulgar.»

«Kern es vulgar.»

Reflexionó un rato sobre quién era más vulgar, el profesor Kern o Bárbara, y se decidió por Bárbara.

Bárbara era el máximo exponente de la vulgaridad.

5

TONI esperó a Florián delante de la pequeña papelería de la esquina. Se entretuvo mirando el escaparate. Frunció el ceño y su rostro delató las huellas características de alguien que está preocupado.

—¿Qué pasa? —preguntó Florián—. Pones la misma cara que tu perro.

De la papelería al instituto había quince minutos de camino a paso lento, y diez minutos a paso ligero. Aquella mañana era idónea para pasear, pero Toni se mostró taciturno y, cosa rara, no comió.

Poco antes de llegar al portal del instituto, dijo:

—Creo que Sabine sospecha que fuiste tú el culpable del incidente de la araña.

Volvió a callarse hasta que subieron a la tercera planta, y entonces dijo delante de la puerta del aula:

—Tengo la sospecha de que Sabine se va a vengar.

—Ya puede hacerlo —gruñó Florián; pero limpió su silla y miró con cautela su cajón antes de sentarse.

Sabine llegó poco antes de sonar el timbre, dijo hola a Florián y no pareció estar ofendida. Florián sabía perfectamente la cara que ponen las chicas cuando se enfadan. Lo sabía por Marialuise, Bárbara y Franziska. Enarcaban las cejas, miraban con gesto arrogante de arriba abajo, contraían la comisura de los labios, se encogían de hombros y no contestaban a las preguntas.

Florián reflexionó un rato y, aprovechando un momento en que Marialuise no le miraba, dijo a Sabine:

—Hoy había niebla por la mañana.

—Sí —contestó Sabine—. Mi pelo está húmedo y se me ha ensortijado.

Florián la miró con un movimiento instintivo. Sabine tenía pequeños bucles rojizos alrededor de la frente y las puntas del pelo en su cola de caballo eran verdaderas conchas de caracol. Delante de la oreja izquierda —la derecha no podía verla— había una concha especialmente grande y brillante.

Florián desvió la vista rápidamente. Así son las chicas: apenas se les dice una palabra, pegan la hebra y se disponen a largas conversaciones, interesen o no, sobre cualquier nimiedad. Florián tomó un lápiz de color anaranjado y dibujó en el cuaderno de historia natural un collar de pequeñas conchas de caracol. Las conchas se podían taladrar para engarzarlas con hilo de plata. Florián dibujó un cierre simple, pero práctico, para el collar. Lástima que las chicas fueran tantas veces intratables, resentidas, celosas y a veces —como Bárbara— tan tremendamente vulgares... y se empeñaran en llevar collares y pendientes feos, fabricados en serie. Pero había también adornos bellos; habría que inventar el adorno más idóneo para cada una... Florián dibujó pendientes de conchas de caracol e hilo de plata que se podían sujetar con un *clipe* al lóbulo de la oreja. Observó de pronto lo quieta que estaba Sabine a su lado. La pilló mirando fijamente sus conchas de caracol. Entonces cerró el cuaderno.

En la clase de gimnasia, Toni intentó inútilmente hacer la voltereta lateral. Luego Florián le dijo a su amigo:

—No está ofendida ni se va a vengar, y tú con tus sospechas...

Toni suspiró. Estaba contento porque el profesor de gimnasia había interrumpido los ejercicios y les permitió jugar al fútbol. Jugaron hasta el final del recreo; tuvieron que vestirse deprisa y corriendo, y llegaron tarde y sudando a la clase de inglés.

Florián estaba deseando beber un vaso de agua fría. Se acordó de la manzana del almuerzo. Su madre le había metido en la cartera una hermosa *Granny Smith*. Sacó con cuidado la bolsita del almuerzo. La profesora de inglés se esforzaba en hacer pronunciar el *the* al alumno Schmied, en primera fila; la clase se animó, pues todos querían ver el espectáculo de Hansi Schmied sacando la lengua e imitando a un San Bernardo.

Florián se hundió en la silla, alzó el libro de inglés a la altura de la nariz y mordió la manzana.

—¡Buaf! —escupió el bocado, que cayó al suelo después de describir un amplio círculo.

—¿Qué pasa ahí? —preguntó la profesora.

—Está salada —balbuceó Florián—. O envenenada... Tengo que enjuagarme la boca.

Se lanzó a la puerta, la abrió, dio con ella en la cabeza del director, que estaba en el pasillo, delante del aula, escuchando el alboroto; musitó unas palabras de disculpa y corrió al excusado.

El director le siguió.

—¿Estás mal? —preguntó, mientras Florián se enjuagaba la boca con agua fría—. No bebas agua fría si te sientes mal. Vete al médico del instituto.

Florián tranquilizó al director diciendo que aquella pequeña náusea no era motivo para faltar a clase de inglés.

Cuando volvió al aula, la manzana mordida estaba sobre su mesa. La profesora dijo:

—Toma un papel, dóblalo bien y escribe: «He comido una manzana en clase de inglés. Firma de los padres».

Florián escribió el texto en el papel. La profesora solía olvidar, por fortuna, todo ese tipo de castigos. No había que tomar la cosa por lo trágico. Además, su padre se negaría a estampar la firma, alegando que él, el padre, no se había comido ninguna manzana en clase de inglés. Y mamá se pondría nerviosa, una vez más, inútilmente.

Pero la manzana... Florián la olió. Desprendió un trocito y lo probó con la punta de la lengua. Salado. Recordó una película en la que una banda terrorista envenenaba todos los víveres de una ciudad. En aquel momento se sintió realmente mal.

—Parece que una araña se paseó por encima —le dijo Sabine—. Si una araña se pasea por encima de una manzana, ésta se vuelve salada; ya lo sabes.

—Yo no había oído nunca esa tontería —susurró Florián.

De pronto, se sintió mejor. ¡Araña! ¡Sabine! La miró a la cara. Claro... Sabine rebosaba contento, como si hubiese engordado cinco kilos. Tan redonda y alegre era su cara.

La sorpresa dejó mudo a Florián.

Llegaban de atrás extraños sonidos; gruñidos, un jadeo que recordaba un poco al viejo Weidwiedl, todo mezclado con risotadas. Florián se volvió. Toni estaba congestionado por la risa. Parecía que se iba a tragar los puños, tratando de disimular.

Florián oyó con cierta satisfacción cómo la profesora de inglés decía:

—Staringer, toma un papel, dóblalo con cuidado...

CUANDO FLORIÁN se dirigía al patio, durante el recreo, en medio de la avalancha de escolares se encontró con Brigitte Kratochwill. Estaba atrapada en las apreturas de la masa. Se había quitado el pañuelo de colores y sus rubios cabellos le caían sobre la cara. Transportaba una caja grande y, al parecer, pesada. Gritaba: «Cuidado. Dejad paso. Atención». Pero su voz se perdía en el alboroto del recreo.

Florián se abrió paso a empujones y le cogió la caja que estaba llena de bloques de tierra de color pardo envueltos en plástico.

¡Arcilla!

—Me has sacado de apuros, Mayer —dijo Brigitte Kratochwil—. Pero es de justicia que lleves tú la arcilla. La encargué principalmente por ti. Sube la caja a la sala de dibujo. No, espera; es mejor que la lleves al almacén del material. Toma la llave. Luego baja; en el Volkswagen de color amarillo aparcado delante del instituto hay más cajas.

Florián subió la caja trabajosamente hasta la tercera planta. Estaba loco de alegría. Vio a Toni y a Sabine y les gritó:

—Venid.

Sabine abrió la puerta del aula de dibujo. Florián colocó la caja sobre la mesa más próxima y bajaron inmediatamente. El Volkswagen de color amarillo pertenecía al profesor de religión, padre Mader. Brigitte Kratochwil le daba las gracias en aquel momento.

—Me parece extraordinario que haya dedicado una parte de su tiempo a esto.

—¡Bah! Siempre está dispuesto —gruñó Toni.

—En él siempre se puede confiar —dijo Florián.

Sabine dijo después que el profesor de religión se había puesto colorado.

Entre los cinco llevaron la arcilla a la planta tercera.

Después, el profesor de religión acompañó a Brigitte Kratochwil a la biblioteca.

—Los chicos hablan en un tono irrespetuoso; pero no son lo que aparentan.

—Yo encuentro que han hecho un elogio extraordinario de usted —dijo Brigitte.

Max Kern estaba asomado a la ventana. Había observado cómo descargaban el Volkswagen amarillo.

—Si me lo hubieras dicho —se excusó ante Brigitte—, habría ido con mi coche.

—Me alegra saberlo —contestó ella—. Pronto necesitaré a un voluntario que me lleve las piezas al taller para la cocción.

EN EL PASILLO VACÍO, delante del aula de dibujo, reinaba un profundo silencio. Toni comía su bocadillo de salchichas, Sabine miraba los dibujos expuestos y Florián la observaba. Pero su ojo interior veía platos, vasijas y macetas. Emergía un paisaje de plantas y suelo ondulado, con piedras y caracoles, todo de arcilla, como un cuadro en su marco. Surgía un dragón con cola dentada y con protuberancias alrededor de los ojos. Un pez que encorvaba el dorso como si saltase fuera del agua. Un elefante con las orejas caídas y fuertes patas. Y otro elefante que se sostenía sobre la trompa.

Florián dejó escapar un suspiro y se acercó a Sabine.

—Dime, *Araña,* ¿cómo has hecho lo de la manzana?

—Te lo diré si no me llamas *Araña* nunca más. Me fastidias llamándome *Araña.*

—Fastidiarte... ¿por qué?

—Bueno. No me gusta estar pensando siempre en que soy delgada y fea.

Florián se echó a reír.

—Por mí no necesitas engordar. Te encuentro bastante normal.

Sabine sonrió.

—Durante la clase libre, cuando hacíais gimnasia, inyecté sal en la manzana.

—Pero ¿cómo?

—Con una aguja desechada por mi padre. He inyectado

una solución de sal en la manzana. Las punciones no son visibles. Bonito, ¿verdad?

—¿Tu padre es médico?

—Veterinario.

—No te rías de esa forma tan vulgar, Toni —gritó Florián—. Alguna vez me vengaré de esa manzana salada.

—No me río —gruñó Toni—. Parece que me río porque estoy comiendo. Mi talante es serio. Y además, se me ha ocurrido algo. Si ahora trabajamos con arcilla, no necesitarás ya esa masa plástica.

—¿Qué masa plástica? —preguntó Florián.

—Yo te la hubiera traído de parte de mi madre —dijo Toni con cara triste.

—No importa —dijo Florián—. Tu madre ha sido muy amable. Quizá consiga hacer un Seppl de arcilla para que se lo lleves.

Cuando los otros chicos regresaron del patio, Toni, Sabine y Florián ya estaban en el aula. Florián tenía el aire de no haber cruzado una palabra con Sabine. Ésta se acercó a la mesa de Toni y le explicó el modo de enseñar a los perros a dar la pata. Toni escuchó con la frente fruncida y no le creyó una palabra. Marialuise miró a ambos, se encogió de hombros y dijo algo sobre «los contrarios se atraen». Luego oyeron a Weidwiedl jadeando en la escalera. El viejo profesor les distribuyó hojas fotocopiadas con más de cincuenta frases en alemán y en latín, que ellos debían traducir inmediatamente. Se quejaron y protestaron, pero sin mucha convicción porque sabían que iba a ponerles frases muy parecidas en el examen; sólo cambiaría las palabras. El que trabajara aquellas frases podría afrontar sin dificultad el examen.

—Aplicaos —dijo, enjugándose el sudor del cogote—. Las frases del libro son poca cosa para vosotros, gente perezosa. ¡Ay si califico a alguien con un insuficiente en el examen! No permito que nadie me desprestigie; ni siquiera vosotros. Aplicaos, por favor. ¿Entendido?

Sabine se extrañó de lo que les dijo. Toni le explicó que aquélla era la primera arenga previa al examen; la segunda tendría lugar inmediatamente antes del reparto de las hojas de examen.

—¿Y eso que ha dicho de su buen prestigio?

—Bueno, parece ser que nadie ha suspendido en su curso.

Weidwiedl dejó con estrépito el montón de hojas sobre una mesa, gritó «repartir» y sacó del bolsillo una ficha.

—Éste es el tema de la redacción que habéis de hacer para el sábado —parpadeó ligeramente y leyó—: «Mi compañero de clase». (Entre paréntesis: «Mi compañera de clase»...) Cada uno describe al chico o a la chica que se sienta junto a él. No puede haber nada más fácil. Y no escribáis novelas; tened piedad de mí. Una descripción breve y escueta, y nada de bla bla.

«Qué tontería», pensó Florián. Él hubiera preferido escribir diez redacciones sobre la niebla otoñal, sobre ancianas bondadosas y sobre la caída de las hojas antes que diez líneas sobre Sabine Mitterhöfer.

Volvió a casa en compañía de Toni y dijo:

—Si fueses tú mi compañero de clase, sería un tema de diez minutos.

Toni no era bueno en alemán. Era para él un suplicio tener que inventar una historia. Su madre le ayudaba en las redacciones y él se sentaba a su lado, la criticaba y movía la cabeza: «Eso no fue así», o «Esto no es cierto». Y su madre le respondía: «Toni, por favor, que es sólo para la redacción».

Pero en esta ocasión dijo a Florián:

—Describir a Sabine no es difícil. Es una chica que se mueve constantemente en la silla. No puede comer todos los bocadillos que le dan porque ha de cuidar la línea. Tiene un perro que sabe dar la pata. Inyecta soluciones de sal en las manzanas con agujas desechadas por su padre... ¿Estamos?

—Menos mal que no tengo que escribir sobre ti —dijo Florián—. Porque entonces tendría que estampar frases como ésta: «Mi compañero de clase se alegra a veces del mal ajeno y le gusta hurgar en las heridas psíquicas de su amigo».

—Uno quiere ayudarte y tú te cierras a cal y canto —dijo Toni.

Aquella tarde Florián estuvo sentado dos horas delante de una hoja en blanco. Ni un par de frases sobre Sabine..., aparte del tema de la araña y la manzana...

Luego tomó el lápiz y empezó a hacer garabatos. Cuando mamá le llamó a cenar, la hoja estaba emborronada; los perritos de la blusa de Sabine se perseguían unos a otros; una araña vigilaba en su tela y llevaba pantalón vaquero en las ocho patas; un caracol encima de una manzana sacaba los cuernos, y había también, en el borde inferior de la hoja, el modelo de un collar hecho con cuentas de arcilla, cada cuenta con su propio dibujo de puntos y líneas. Pero la hoja no contenía una sola frase sobre Sabine.

—Es inconcebible —le dijo la madre— que seas tan lento. Te has pasado la tarde mirando al vacío.

Aquella noche tampoco pudo ver la televisión porque tenía que hacer los deberes de latín y de matemáticas. Oyó la risa de Bárbara en el dormitorio de sus padres, donde estaba el televisor. Chillaba de alegría. Florián sospechó que su hermana gritaba para darle envidia. Ya estaba convencida de esto, cuando entró Franziska y le dijo:

—¿Tienes un tebeo para mí? Lo que ponen en la tele me aburre.

—¿HAS HECHO la redacción? —le preguntó Sabine al día siguiente.

—Todavía no —contestó Florián.

—Entonces ya sé qué hacer —dijo Sabine—. Tú me das tu cuaderno y yo te doy el mío. Escribe mi artículo sobre ti y yo escribiré el tuyo sobre mí.

Florián reflexionó. Sonrió satisfecho. Era una propuesta inteligente, y él tenía ocasión de vengarse de lo de la manzana salada. Se cambiaron los cuadernos y se prometieron mutuamente escribir con letra clara.

EL PADRE estaba ya en casa cuando Florián volvió del instituto. Escuchaba en la sala de estar el minueto de Franziska.

—Hay que ver —dijo el padre—. Tengo una hija que toca ya minuetos. Me siento orgulloso.

Había sobre la mesa una tarta de Linz y una bandeja con dulces de Bad Ischl. El padre traía pequeñas sorpresas de todas las ciudades que visitaba. Solían ser sorpresas «comestibles».

—¡Hola! —dijo Florián—. ¿Cómo te fue?

El padre solía contar los éxitos que cosechaba, citaba los libros que se vendían por estar bien escritos y los que tenían salida por la cubierta llamativa y por el título. Luego los hijos se entretenían en inventar títulos atractivos para la gente.

Pero aquel día el padre no estaba de buen humor.

—¿Cómo me fue? Muy bien, porque uno no tiene que preocuparse de la familia; pero luego se regresa a casa y todo son malas noticias. ¡Vago en la escuela y descarado en casa!

—Eso fue sólo un día —dijo Florián.

—Ya hablaremos —dijo el padre.

En la comida, Bárbara repasó sus éxitos. Le brillaban los ojos mientras sacaba a relucir los puntos y las calificaciones, las alabanzas y los cargos honoríficos.

—En labores soy la secretaria de la señorita Liebermann. Llevo una lista en la que anoto los fallos y los puntos de las alumnas. La que tiene menos de cinco puntos baja un grado en la calificación.

—La señorita Liebermann ha sabido escoger bien —dijo Florián—. No te olvidarás nunca de anotar los puntos negativos, ¿verdad?

—Hago la vista gorda con mis mejores amigas —dijo Bárbara.

—Yo nunca hubiera aceptado un cargo así —dijo Florián—. Eso no se hace. ¡Asquerosa!

—¡El asqueroso eres tú!

—¡Creída, tonta!

—Florián se mete conmigo.

—Florián, siempre sembrando cizaña —dijo la madre—. Yo estaba tan contenta al pensar que íbamos a estar todos juntos; papá viaja tanto... y ¿quién viene a turbar la paz? ¡Siempre tú! ¡Siempre tú!

—Eso no es verdad —dijo Florián.

—Basta —dijo el padre. Parecía cansado—. Florián, ya hablaremos sobre tu rendimiento escolar. Tampoco a mí me gusta ese oficio de anotadora de puntos de Bárbara; debo reconocerlo. Pero en lo referente al estudio, podrías imitar su ejemplo.

—He decidido ir al instituto la próxima semana —dijo la madre suspirando— para que Weidwiedl y otros profesores me informen personalmente. Si Florián se descuida de ese modo, hay que hacer algo antes de que sea tarde.

—Perfectamente —dijo el padre—. Y si no quiere estudiar, tendrá que explicar quién le obliga a ir al instituto. Puede aprender un oficio manual.

—Hasta ahora, en nuestra familia, todos han cursado el bachillerato —dijo la madre.

—Entonces él será la excepción deshonrosa que no alcanza la meta —dijo el padre—. Yo también prefiero un hijo que haga el bachillerato. Y quiero darle todas las oportunidades para que, al menos, lo intente. Así no podrá reprocharnos nada el día de mañana.

«Me tienen por tonto —pensó Florián—. Están decepcionados de mí. Ellos prefieren un hijo que saque buenas notas y diga sí a todo.»

Después de comer cogió el cuaderno de alemán de Sabine y comenzó a escribir. Se propuso dar una mejor imagen de sí mismo, por lo menos en aquella redacción.

6

WEIDWIEDL se tomó una pastilla con la que coger ánimos para corregir las redacciones de 8.º A, según dijo, y mandó que empezaran a leerlas.

Marialuise describía en frases poéticas a su amiga. Hansi Schmied presentaba a su vecino mordiéndose las uñas. Toni Staringer leyó doce frases en las que señalaba los manjares preferidos de su vecino. Weidwiedl hizo notar que Toni había realizado un esfuerzo loable para buscar con precisión lo esencial y le propuso algunas frases más para redondear el cuadro. Toni se sorprendió mucho al ver que el profesor Weidwiedl conocía tan a fondo a su vecino y transcribió escrupulosamente las frases. Weidwiedl nombró a Sabine. Ésta leyó tartamudeando un poco, porque la composición que había hecho Florián para ella era extraordinaria:

«Mi vecino. Mi compañero de clase es un joven que calza el número treinta y nueve y pesa cuarenta y siete kilos. Ojos de color castaño y vista penetrante. Su pelo es también castaño y se le queda hirsuto cuando llueve, sin ondulársele en caracolillos —Sabine leyó esto último con admiración—. Mi vecino es tan hábil con la mano izquierda como con la derecha, pero esto no le reporta ventaja alguna en la mayoría de los casos. Eso sí, si un día, como teme su madre, llega a ser barrendero, podrá manejar la escoba también con la mano izquierda. Le gustan los perros y las aves, pero no tiene animales en casa por razones de espacio y de higiene. Mi vecino no es rencoroso y es una persona de mucha paciencia. Una chica puede moverse durante una hora en el asiento, junto a él, y hacer rodar lápices sobre la mesa sin molestarle —los chicos se rieron, Sabine carraspeó un poco y siguió leyendo—: A mi vecino le gustan las patatas fritas y pasear con perros; tiene una cicatriz de una operación de apendicitis. Es servicial y complaciente con los amigos y lo sería también con las chicas si éstas fuesen personas normales, cosa que no suele ocurrir, por desgracia.»

En este punto sólo se rieron los chicos. Sabine cerró el cuaderno y se puso colorada. Florián lo notó, se alegró de ello y susurró: «Uno-cero a mi favor».

Weidwiedl agitó en la mano su caja de pastillas y dijo:

—Hay algunas observaciones atinadas. Mayer, lee.

Florián leyó:

«Mi compañera de clase. Es una chica alta y ágil, con cola de caballo de color cobrizo que no puede menos de impresionar a toda persona normal —Florián se detuvo y miró a la clase. Los chicos se hicieron guiños, Marialuise abrió la boca y no la volvió a cerrar, Sabine bajó los ojos y sonrió con modestia. Él contuvo el aliento y siguió leyendo—: Tiene ojos grandes, con un pequeño círculo amarillo alrededor de las pupilas, y luego se tornan verdeazules con puntitos pardos...»

Weidwiedl acalló los rumores de la clase haciendo notar que algunas personas saben observar y otras no.

Florián siguió leyendo:

«Mi vecina tiene una pequeña cicatriz junto a la nariz. La mordió un perro lobo cuando era pequeña. A pesar de ello, es muy amante de los animales. Tiene un perro «Airedale-Terrier» llamado Treff, una cotorra que dice a menudo *bussibussi,* tres cobayas, tres conejos que se llaman —a Florián se le trabó la lengua. Bur... le... mutz, Schnau... ber... putz y... ejem... Florián I, y que ella suele presentar a los amigos. Quiere llegar a ser veterinaria, como su padre. Mi vecina tiene un carácter dulce, nunca miente, duerme boca abajo y aborrece los fideos, las clases aburridas y el estar sola al anochecer. En la clase la llaman *Araña* y la han obsequiado ya con algunas arañas. Le falta aún un broche en forma de araña... Mi vecina, en suma, es una buena persona. Tiene algunos defectos, pero ninguna debilidad y, en lo que a mí concierne, la ayudo en la medida de mis fuerzas para que se habitúe cuanto antes a este nuevo curso.»

Florián mantuvo cerrados los ojos hasta que se desvaneció la risa de los chicos.

Weidwiedl le quitó el cuaderno de la mano, lo hojeó con atención y dijo sin pestañear:

—Muy bien, Mayer, y cuando vuelvas a leer el trabajo, notarás sin duda dónde tienes que mejorar algo...

Florián asintió con cara sombría. «Que sea pronto la hora del recreo; por favor, que suene el timbre. Que suene pronto.» Sonó el timbre y Florián hizo una inclinación a Sabine mientras le decía:

—Bien, Sabine: uno-uno.

—Pero esta vez he ganado yo —contestó Sabine.

LAS MESAS DEL AULA de dibujo estaban cubiertas con papeles de periódico. Brigitte Kratochwil dividió con un cuchillo los bloques de arcilla.

—A mí mucho, por favor —dijo Florián.

Hicieron pequeñas esferas y las pegaron a bases redondas. Estas bases eran los fondos para piezas. Brigitte enseñó a los alumnos el modo de fabricar un recipiente con pequeñas salchichas de arcilla.

—Rallad siempre un poquito la base antes de pegar sobre ella la salchicha siguiente.

—¿Ésta es una buena salchicha? —preguntó Toni.

—Eso es una lombriz que se ha tragado una pelota de pimpón —dijo Brigitte Kratochwil—. Las salchichas deben ser uniformes; de lo contrario, al cocerse, se producen grietas. Imagina salchichas y más salchichas de Frankfurt, Toni.

—¿Ahora, dos horas antes de la comida? —preguntó Toni en son de reproche. Pero luego hizo hermosas salchichas entre las palmas de las manos, les dio forma y pulió las paredes internas y externas. Cuando las junturas entre las salchichas eran demasiado grandes, pegaba salchichas diminutas con barbotina.

«Barbotina»... La palabra le gustó a Toni. La barbotina era una pasta fluida de arcilla.

—Por favor, mi recipiente está torcido —dijo Toni.

—Son las primeras dificultades —le consoló Brigitte—. Vuelve a amasar y prueba otra vez, colocando exactamente un anillo de salchicha sobre otro. Toma un lápiz y sosténlo junto a la pared de tu vasija. Mira, ya sale... Bien, Marialuise. Bien, Sabine.

Marialuise suspiró.

—Lástima que las uñas de los dedos se ensucien con este trabajo.

—La suciedad no asusta al artista —dijo Brigitte.

—¡Vaya arte! —murmuró Marialuise.

—Algún día os llevaré al museo de Artes Aplicadas —dijo Brigitte—, para que veáis qué maravillas de cerámica han creado, ya desde tiempos antiquísimos, gentes que no temieron mancharse las uñas de los dedos. Vasos griegos y porcelana china, etcétera, etcétera... Bien, Toni... Florián, a ver... Oh, es una buena pieza. ¡Mirad!

El cilindro de arcilla de Florián se había elevado derecho como una vela. Florián formó con espirales de salchichas dos pequeños discos que puso como dos orejas a derecha e izquierda, debajo del borde.

—Un momento aún —dijo Florián. Modeló con un poco de arcilla una pequeña concha de caracol y la pegó con barbotina a la pared exterior.

—¿Por qué? —preguntó Toni.

—Porque sí —dijo Florián—. Porque esta pieza es mía.

Ayudó después a Toni a modelar la pared de la salchicha e hizo para Marialuise dos pequeños pendientes. Realmente, él no guardaba ningún rencor. Alisó el borde de la pieza de Sabine y entalló un dibujo con la uña del dedo pulgar. Habría ayudado a todos si Brigitte Kratochwil se lo hubiera permitido. Ella le cortó una segunda rodaja de arcilla y le dijo:

—Prueba a hacer un plato.

Pero él prefirió hacer un elefante. La parte inferior y las patas le salieron bien, pero al modelar la gruesa cabeza con trompa y orejas, el elefante perdió el equilibrio. Se inclinó lentamente hacia adelante, la trompa se enroscó como una serpiente, las orejas cayeron como las hojas en otoño y la parte inferior con el apéndice de la cola era como una pequeña colina donde hubiera crecido un solo tallo de hierba. Los chicos se rieron al verlo.

Florián deshizo el elefante, haciendo una esfera, y volvió a empezar. El nuevo elefante apareció casi sentado sobre las patas traseras; se apoyaba sólidamente en las patas delanteras y levantaba la cabeza con la trompa hacia el cielo. No se desplomó, pero la trompa y las orejas le daban un aire de desesperación.

—Está barritando a la Luna —dijo Toni implacable.

Florián deshizo también esta figura y la convirtió en

una esfera. Sudó; el pelo se le pegaba a la frente y tenía manchas de barbotina.

Florián comenzó a modelar el tercer elefante. Le salió una mole de patas imponentes, muy juntas, la trompa recogida, las orejas colgando hacia atrás... y se tenía en pie. ¡Se tenía en pie! Florián le practicó con la uña del dedo índice bellos pliegues en la frente, le hizo los ojos con la punta de un lápiz y le pegó diminutos bultitos sobre los ojos.

Brigitte sonrió:

—Bonito. Pero mira como si quisiera llorar...

—Llorará pronto —suspiró Florián—. Ha creído que puede sostenerse sobre la trompa.

Ella se rió y fue a la mesa próxima.

Sabine paseó lentamente por la sala de dibujo hasta situarse junto a Florián.

—No lo destruyas —dijo—. A mí me gusta.

Florián se encogió de hombros.

—Un día se sostendrá sobre la trompa —dijo Sabine—. Se empeñará y de pronto se sostendrá sobre la trompa.

—Un día muy lejano —gruñó Florián—. Y no lo haré yo.

Sabine contempló el cilindro adornado con el caracol.

—También el caracol me gusta —dijo—. ¿Cómo se hace un caracol? Taladrándolo, se podría convertir en un pendiente... Yo tengo agujas de hacer punto...

Florián reunió restos de salchichas de las otras mesas, las cortó en trozos de igual tamaño y formó esferas y cubos. Les dio unos toques con una punta de lápiz y entalló un dibujo. Sabine perforó las piezas y pulió el borde de los orificios. Ensartó con cuidado las cuentas en las agujas de hacer punto.

—¡Oh! Son bonitas —dijo Brigitte Kratochwil—. Después del secado y de la cocción puedes pintarlas o esmaltarlas... y engarzarlas en una cinta fina de cuero y llevarlas en el jersey.

—Eso pensaba —dijo Sabine—. Pero ¿cómo se secan?

—El mejor sistema es el secado al aire libre.

Florián formó dos esferas y las hizo rodar en dirección a Sabine. Ésta hundió los puntos de las agujas en la arcilla de las esferas.

—Pero estas cuentas no son de Sabine —dijo Marialuise nerviosa—. Las ha hecho Florián.

—Entonces Florián debe decidir quién las va a llevar —dijo Brigitte sonriendo.

—Pero Sabine se las apropia sin más ni más —gritó Marialuise.

—Qué se habrá creído —gruñó Toni—. Ésa coge las esferas sin preguntar a Marialuise.

—Puedo hacer una cosa —intervino Florián—. Es muy fácil. Dame tus agujas de hacer punto, Marialuise.

—No las tengo aquí —dijo ella—. Hoy no tenemos labores. ¿Dónde encuentro yo ahora agujas?

—Sabine te las prestará —dijo Florián. Éste había modelado ya algunos cubitos adornándolos con plaquitas y espirales.

—Serán mucho más bonitos —dijo Marialuise—. Venga, Sabine, dame agujas.

—Sólo he traído dos; que lástima, qué lástima —dijo Sabine.

Florián tomó los cubitos y los aplastó en una masa.

—El sábado próximo —dijo a Marialuise— te haré a ti y a quien sea todos los pendientes que queráis.

Ya que no le salió el elefante, estaba dispuesto a hacer cuentas a porrillo. Y quizá, con el ejercicio, algún perro, alguna liebre y un gato sentado sobre los cuartos traseros. Y a base de mucho ejercicio y sin desanimarse, un plato con el borde bien perfilado, sin dibujos, de una sobria belleza...

Lástima que debía esperar hasta el sábado siguiente.

AQUEL FIN DE SEMANA Florián pasó largo tiempo estudiando latín en casa de Toni. Éste andaba peor que él en latín; había que explicarle una y otra vez las subordinadas y su enrevesada aplicación. Sin la ayuda de Florián, Toni nunca hubiera podido traducir los ejercicios de Weidwiedl. Florián enseñó a su padre las hojas fotocopiadas.

—Debemos presentar los ejercicios antes del examen de latín —le dijo—. ¿Cómo va a hacer esto Toni?

—Bueno, entonces puedes ir —dijo su padre—. Pero me temo que os dediquéis a holgazanear más que a estudiar. Mamá me ha contado lo vago que eres. Anda, vete..., pero enséñame esta noche lo que habéis traducido.

«No me cree», pensó Florián, y se marchó a toda prisa.

Realmente daba gusto estudiar en casa de Toni. El padre de éste no vivía con ellos y, por tanto, no podía controlarlos ni reñirlos, y la señora Staringer preparaba bocadillos de manteca de cerdo para los chicos y les hacía té con zumo de manzanas y de naranjas.

Toni y Florián se sentaban junto a la mesa de la cocina; el perro yacía pacífico y callado a sus pies. La señora Staringer se sentaba cerca de ellos con la labor y no pronunciaba una palabra. Cosía blusas para una empresa; siempre se le pegaba algún hilo al vestido y el suelo estaba sembrado de hilos y retales.

—Mi madre va a ir al despacho a hablar con Weidwiedl después del horario de clases —contó Florián.

LAS ÚLTIMAS CLASES de latín con el viejo Weidwiedl fueron agotadoras. El profesor analizó minuciosamente cada una de las cincuenta frases, hizo conjugar los verbos y dictó palabras.

—No bosteces, Marialuise —jadeaba—; no tienes derecho a bostezar mientras yo aguanto en plena forma.

El día del examen, Weidwiedl parecía transformado. Subió las escaleras tosiendo y suspirando, llegó al aula andando con cierta inseguridad y entrelazó los dedos debajo de la abultada barriga.

—¿Distribuidas las hojas? Bien... Chicos, debo confesaros una cosa. Este tema es demasiado fácil y me ruboriza decirlo. Mi esperanza es que ningún director ni inspector...

Dejó escapar un suspiro que partía el alma y hurgó en el bolsillo interior en busca de las fichas.

—No sé lo que me ha salido: oraciones verdaderamente pueriles... a la altura de un jardín de infancia... Me estoy haciendo viejo... Os pido que cuando terminéis, la mayoría terminará en veinte minutos, guardéis silencio y no molestéis a los que aún trabajan... Comed vuestros bocadillos y marchad a los servicios..., pero en silencio, en silencio —paseó como tambaleándose por el pasillo central—. El grupo A es más fácil aún que el grupo B, pero el grupo B es ya elemental... No me delatéis... Staringer, ¿qué tal estás?

—Bien —gruñó Toni.

—Lo sé —suspiró Weidwiedl.

Sabine y Marialuise fueron las primeras en salir del aula.

—Oye —dijo Sabine—, las frases eran tan difíciles como las de las hojas fotocopiadas.

—¿Sí? —contestó Marialuise—. A mí me han parecido más fáciles.

LA MADRE DE FLORIÁN había planeado minuciosamente la semana. Antes de presentarse a la entrevista, debía ir a la peluquería. Por eso aplazó el ir al supermercado hasta el día siguiente. Sus hijos no suponían las cábalas que debía hacer distribuyendo el tiempo para que en casa todo transcurriese como la seda. A ellos todo les parecía natural; incluso a Bárbara.

La señora Mayer aborrecía las entrevistas. La espera, sentada en una de aquellas sillas feísimas, delante de la biblioteca de los profesores; las conversaciones y las malas referencias de las otras madres; las miradas de curiosidad al abrigo que llevaba... Iba a ponerse su abrigo preferido y el sombrero de las fiestas: eran las prendas más apropiadas para aquella ocasión.

Pero si se ponía sombrero, ¿tenía sentido ir a la peluquería? Podía ahorrarse el gasto. Y si ahorraba en peluquería, no necesitaba aplazar la compra en el centro comercial. Lo que más le complacía era seguir la rutina diaria.

Fue andando al colegio. Estaba nerviosa; se quitaba y se ponía los guantes. Delante de la puerta de la biblioteca aguardaban siete madres y tres padres. La catedrática Schneider recibía al mismo tiempo que el profesor Weidwiedl.

—¿Quién es la última para el profesor Weidwiedl?

Como en la consulta del dentista. Peor aún, pues el dentista llama a cada uno por su nombre.

—Weidwiedl... Cuánto la envidio a usted —le dijo una señora que se sentaba a su lado—. Yo debo entrevistarme con la señora Schneider. Me tiemblan las rodillas cuando recuerdo lo que despotricó el año pasado contra mi hija mayor: elemento perturbador, siempre con la boca abierta, enredadora, histérica... Pero ahora vengo por la menor. Ésta no es tan revoltosa como la mayor —se levantó—. ¡Dios mío! Ya me toca.

La señora Mayer miró los cuadros de la pared: la Muralla China, la Acrópolis, el Coliseo, la pirámide de Keops, la Torre de Londres...

—Mi marido dice que la catedrática es amable —dijo otra señora—. Lástima que hoy está ocupado, que si no, de buena gana le hubiera encomendado la entrevista. Yo no la encuentro amable, no lo puedo remediar.

—Amable como un cocodrilo sonriente —murmuró una joven madre que intentaba sosegar a un niño en edad de jardín de infancia—. Para los padres será amable, pero a los chicos los enloquece de miedo.

—¿Qué asignatura? —musitó la señora Mayer.

—Francés y alemán —dijo la joven madre.

La señora que había calificado de revoltosa a su hija mayor salió de la biblioteca de los profesores. Cogió su bolso, que había dejado junto a la señora Mayer.

—No vengo más —masculló—, no vengo más a una entrevista. ¡Es irritante! Figúrense: empiezo a hablar de mi hija pequeña... y ella, la señora Schneider, dice sin más: «Sí, es muy diferente de Claudia». Yo me alegro. Entonces ella añade: «La pequeña se limita a estar sentada y mirar. No colabora, no muestra ningún interés. Cuando pienso en Claudia, aquella chica vivaracha, pura espontaneidad, aquel temperamento. ¡Dios mío: aquello era vida! Pero la pequeña...» —la señora respiró hondo—. Y yo que recomiendo encarecidamente a la pequeña, antes de cada clase con la señora Schneider, que sea buena y se esté quieta... Una no acierta, haga lo que haga.

Salió otra madre de la biblioteca.

—Esto es demasiado, es demasiado —dijo—. Ahora mismo voy al director.

—¿Qué le ha pasado? —le preguntó la madre de la hija revoltosa.

—Le pregunto si mi hija necesita clases suplementarias de francés, y la señora Schneider me contesta: «No, no vale la pena. Esa chica no podrá nunca con el francés». «¿Por qué?», le pregunto. «Fracasará», contesta la señora

Schneider. «Ahórrese el dinero». «Pero algo se podrá hacer aún a primeros de octubre», le digo. Ella sonríe y sacude la cabeza. «Créame usted, yo conozco bien a ese tipo de chicas. Nunca podrá aprender francés»... Ahora mismo voy al director y le pregunto su parecer.

—Yo no lo haría —dijo la señora Mayer—. No se debe hacer nada que pueda perjudicar a los hijos.

Pero la madre había ido ya a Secretaría. La señora Mayer se asustó. La llenaron de preocupación ciertos jadeos y suspiros que procedían de la puerta de la biblioteca. Le tocaba la vez.

—Por favor —jadeó Weidwiedl—, Mayer, octavo A. Sí. Florián es un chico que necesita mucho amor. ¡Amor! —repitió mientras le temblaba la barriga—. ¡Amor!

—Florián —dijo ella— es un chico difícil.

Weidwiedl rechazó esta observación con un gesto de la mano.

—Necesita comprensión, mucho aliento y mucha alabanza —dijo con voz atronadora—. Posee fantasía y eso hay que elogiarlo. Posee pundonor y eso hay que elogiarlo. Es un buen chico y yo me llevo bien con él, sí, señora.

—¿Y en latín? —preguntó la señora Mayer—. ¿Colabora? ¿Es aplicado?

—No tiene más remedio que colaborar —dijo, y añadió sonriendo—: ¿Por qué no tiene algún pájaro?

—¿Cómo dice?

—Las cotorras son aves muy simpáticas —dijo Weidwiedl—. Florián tiene edad suficiente y sentido de la responsabilidad como para cuidar un animal.

—Sí, señor profesor...; pero... yo tengo tres hijos...

—¿Chicos?

—Dos son chicas. Muy buenas niñas. No me dan tantos quebraderos de cabeza como Florián. A veces me desespero. ¿Aprobó el examen de latín?

—Naturalmente. En mi clase todos aprueban el examen de latín... ¿Le interesa la calificación?

—Sí, gracias.

—Un suficiente alto.

—¡Ah!

—¿Usted esperaba más?

—No... Bueno, sí... No lo sé. El año pasado obtuvo un bien.

—Eso puede recuperarlo con facilidad... Muchas gracias por su visita. Espero que el chico pueda tomar mucho el aire mientras haga buen tiempo. ¡Y necesita mucho amor!

La señora Mayer abandonó la biblioteca de los profesores un tanto aturdida.

«No comprendo cómo los chicos aguantan esa terrible voz... ¡Amor! Naturalmente que los chicos necesitan amor. Lo sé perfectamente, como madre que soy, y no hace falta que nadie me lo diga. A lo mejor es un estribillo que repite a todas las madres... Él es ya muy viejo. Y lo dice con la mejor intención, por supuesto.»

Se dirigió a su casa con paso lento. Se detuvo delante de cada escaparate y observó que estaban adornados con mal gusto. Le extrañó mucho. Era tan fácil adornar un escaparate... Bastaba algún toque que otro. Antes de casarse, cuando era directora de una empresa filial de porcelana, arreglaba personalmente los escaparates. Creía que era la única que lo hacía con gusto.

Compró retama en una floristería para colocarla en un jarrón encima del piano. La retama era cara, pero al fin y al cabo la señora Mayer se había ahorrado el dinero de la peluquería. Se consoló pensando que la peluquería le hubiera salido mucho más cara que las flores. En una *boutique* compró una gorra roja para Bárbara.

La señora Schneider fue a hablar con el director, una vez finalizado el horario de entrevistas.

—Oye, debes cambiar eso.

—¿Qué es lo que debo cambiar? —le preguntó el director.

—Que yo atienda a las entrevistas en la misma sala que Weidwiedl. Sabes que yo le aprecio y soy comprensiva con él en muchas cosas; pero... su estilo... Siempre dice a todo el mundo, incluso a las madres y a los padres: «Este chico necesita mucho amor». Le oigo decir AMOR con voz de trueno por lo menos cinco veces en cada entrevista. Eso no lo soporto más.

—No te pongas nerviosa; ya lo arreglaremos... Oye, la señora Regenbock ha estado hablando conmigo. Regenbock, segundo de bachillerato. Me temo que te ha entendido mal. Me figuro que no querrás descalificar de entrada a Regina.

—Querer..., querer... ¿Y qué remedio me queda?

—Pero supongo que le darás alguna oportunidad..., estamos a principios de octubre...

—Por mí que no quede —contestó ella, sonriendo.

«Una sonrisa extraña —pensó el director—. La de un cocodrilo.»

7

EN el aula de dibujo no se podían ni mover. Había vasijas de arcilla secándose en el alféizar de la ventana, en las mesas... Florián había colocado una tabla alargada sobre dos sillas. En ella se alineaban figuras de pequeño tamaño. Primero se secaban los bordes y las asas. Florián descubría a cada paso pequeñas grietas en las paredes de las vasijas e intentaba repararlas con barbotina.

Algunas piezas se habían contrahecho.

—Lástima que el secado dure tanto —dijo a Brigitte Kratochwil.

—¿No sabes esperar? Hay que tener paciencia. Sólo cuando todos hayan realizado alguna obra en condiciones y después de secarse la última pieza, llevaremos todo al taller para la cocción.

—¿Por qué no da usted cursos de alfarería? —preguntó Florián—. En el instituto hay cursos de ajedrez, de fotografía, de ruso y de jazz; todo por la tarde; y no hay cursos de alfarería.

—¡Ay! —exclamó Brigitte—. Yo entiendo poco de cerámica. Mis conocimientos sólo me capacitan para dar clase a principiantes. Podría dar cursos de acuarela.

—También eso sería bonito —dijo Florián cortésmente.

—Si tú deseas modelar algo en tu casa, vasos o animales, o regalos de Navidad, por ejemplo, me los traes y los llevamos a cocer —dijo Brigitte Kratochwil—. Y si quieres, vamos juntos al taller para que te pongas al tanto. El taller es de una señora anciana a la que conozco bien.

Fue una ilusión para Florián, un consuelo para los catorce días siguientes, en los cuales iba a estar agobiado con deberes y con exámenes. Era la primera cuesta del año escolar. Florián sacó un suficiente en matemáticas, y no le sirvió de nada decirle a su madre que no había habido ningún sobresaliente y sólo dos notables y seis suficientes. Su madre se quedó preocupada. Reconocía que el profesor Kern calificaba con mucha severidad, que era enormemente exigente y que a Florián sólo le habían faltado dos puntos para obtener un bien. Pero eso mismo le hacía lamentar más la desidia de Florián.

—También Toni ha sacado un suficiente —dijo Florián.

—No debes compararte con los malos alumnos —dijo la madre—. ¿Qué nota sacó Marialuise?

—Un bien.

—Ahí tienes.

—Toni no es un mal alumno. Es mediano.

—El que es mediano, pronto se vuelve malo —dijo la madre—. Aprende de Bárbara. Un sobresaliente en matemáticas y en alemán. Si alguna vez tropieza, no pasa nada, porque tiene un sobresaliente de nota media.

—Cuando Bárbara falla en algo, es que tiene un mal día; si fallo yo, es que soy tonto —gruñó Florián, pero la madre no le entendió.

—Esfuérzate ahora, al menos, en alemán. No debes imitar a Toni en todo; él es un buen chico, pero no le interesa el estudio.

—Eso no es verdad —dijo Florián—. ¿Cómo sabes que no le interesa el estudio?

—De otro modo tendría mejores notas —dijo la madre.

Notas, notas, notas.

Florián había llegado a aborrecer esa palabra.

También Weidwiedl había dicho que aborrecía las notas. Especialmente en los exámenes de alemán.

—No podéis imaginaros mi dilema. Ahí tenéis, por ejemplo, a Marialuise, que emborrona a su modo tres páginas; escribe lo que piensa y yo debo aceptarlo aunque no me convenza. Y si tiene suerte y no comete faltas, saca un sobresaliente aunque se haya esforzado menos que una gallina para poner un huevo. Y otro, por ejemplo Staringer, consigue emborronar a trancas y barrancas un cuarto de página, con abundancia de oraciones de relativo: el cual, la cual, lo cual..., por creer que así suena mejor. Y si describe su perro o un gorrión o un bizcocho de Saboya, se nota que los ha contemplado y ha puesto empeño. Pero nunca será periodista, está claro. En su nerviosismo escribe bizcocho con uve y otras cosas que ponen los pelos de punta. Cualquier calificación será injusta. ¿Habéis entendido?

Luego se limpió, jadeando, el sudor de la frente.

—No se exalte —gruñó Toni.

Fueron muy pocos los que se atrevieron a intervenir en los coloquios antes del examen.

El profesor preguntaba a los alumnos en cada clase si habían visto algo interesante camino del instituto, en el tranvía, o por la tarde en el parque. Ellos aseguraban no haber visto nada. No los creía.

—*Delirant isti discipuli!* —gritó en el más puro latín de Astérix—. ¡Los alumnos están trastornados!

Entonces Marialuise se acordó de un niño pequeño al que había visto en el tranvía leyendo un número de Astérix. Sostenía la carpeta entre las piernas y se tambaleaba en las curvas. Otros dos niños miraban por encima del hombro y leían con él. Y un señor de cierta edad estiró el cuello y se puso también a leer. Se reían todos en los mismos pasajes, pero uno después de otro, porque no leían con la misma rapidez. Bueno, sólo los chicos se reían; el señor de cierta edad sonreía, y lo hacía antes que los niños, pues era el más rápido en la lectura.

Weidwiedl alabó a Marialuise por aquellas observaciones. Entonces otros alumnos añadieron pequeños toques personales. Hansi Schmied había presenciado la escena de un revisor de tranvía que dijo muy serio a un grupo de niños: «Señores, los carnés de identidad, por favor». Y Eberhard Cerny había observado a cuatro escolares con sus carteras a la espalda caminando, no por la acera, sino sobre una estrecha franja de césped, uno detrás de otro.

A Weidwiedl le agradaron estos episodios. Los hizo analizar en la pizarra. Examinaba las frases, parpadeando con cara de recelo. Las repetía en voz alta, despacio y reflexionando, las hacía resbalar por la lengua y gruñía:

—Eso se puede decir de un modo aún más simple...

Quedaron al fin ocho frases en la pizarra y Weidwiedl dijo satisfecho:

—Bueno, vale.

El siguiente fue Toni. Describió su perro. Cuando Toni se acercaba a él por la mañana y le decía «Mira, Seppl, ahora debo ir a ese dichoso instituto», el perro lloriqueaba y gruñía con sentimiento de solidaridad. Y cuando Toni le decía en tono alegre: «Pero volveré para la comida», el perro le hacía fiestas.

Sabine contó cosas de sus animales. Describió a Treff, el viejo perro que había aprendido a dar la pata en edad avanzada. Describió a sus tres conejos: las largas orejas sedosas, los finos bigotes siempre temblorosos, los hocicos husmeando constantemente; la piel cálida y blanda, y cómo les gustaban las caricias. «Cuando les paso la mano —dijo—, retraen las orejas y se quedan inmóviles de placer.»

Sabine añadió, lanzando una mirada rápida a Florián, que en otoño guardaba los conejos en un corral detrás del patio de la casa; que le suponía mucho trabajo la limpieza de las jaulas y que le agradaría mucho que alguien la ayudase. El trabajo consistía en sostener los conejos sobre las rodillas y acariciarlos mientras ella limpiaba las jaulas.

Florián fingió no haber oído. ¿Acaso quería Sabine que él fuese al patio a ayudarla en la limpieza de los conejos? Podía esperar sentada.

Imaginó, sin embargo, a los conejos con las orejas retraídas de placer, inmóviles bajo las manos que los acariciaban. Esta imagen no se le iba de la memoria. ¿Era consciente Sabine de la suerte que tenía? Animales y mucho espacio, sin hermanas que la molestasen, y desde el mediodía hasta la noche ninguna persona que le dictara lo que debía hacer y dejar de hacer. Sabine era realmente una persona libre.

En el recreo, abordó a Florián:

—Mira, mis animales hacen todo menos hablar. Me escuchan, pero no hablan. Y a uno le gustaría que alguien le hablase, ¿no te parece?

—Sí, pero no demasiado —dijo Florián, poniéndose en guardia.

El día del examen de alemán, Toni aguardó a Florián en la esquina, delante de la papelería. Parecía confiado.

—¿Te hago una descripción más por el camino?

—No es necesario —dijo Toni.

Weidwiedl escribió tres temas en la pizarra:

«Un viejo.»

«Un niño jugando.»

«Una mañana otoñal.»

—Primero pensar, luego escribir —jadeó.

Pasados cinco minutos, Toni era el único que seguía

pensando y no escribía. Le brillaban gotas de sudor en la frente.

—Chico —dijo Weidwiedl—, ¿no se te ocurre nada sobre esos temas?

—Estoy pensando —contestó Toni con voz ronca.

Pasaron otros cinco minutos.

—Staringer —dijo Weidwiedl—. Creo que ya puedes empezar... despacio...

Toni sacudió la cabeza.

—Me vienen muchas imágenes confusas y no se me graba ninguna —musitó.

—Así no puede ser —dijo Weidwiedl—. Atención. ¿Quién ha elegido el tema uno? Bien. ¿El tema dos? Muchos. ¿El tema tres? ¿Nadie? Entonces ¿para qué lo he puesto?

Fue como tambaleándose a la pizarra, borró el tercer tema y escribió un nuevo título: «Yo observo un animal».

—Al que prefiera el tercer tema le permito que siga desarrollándolo durante el recreo —gruñó.

Toni suspiró, abrió la estilográfica y empezó a escribir.

—Oye, ¿has escrito sobre Seppl? —le preguntó Florián cuando entregaron los cuadernos.

—Sobre los conejos —contestó Toni.

—¿Sobre qué conejos?

—Sobre los del patio interior de Sabine.

—Estupendo —dijo Florián dándole una palmada en el hombro.

—Estupendo, ¿por qué? —preguntó Toni.

—Porque nunca sueles escribir sobre lo que no has visto.

—Sí los he visto... —dijo Toni.

Florián guardó silencio.

—¿Los conejos?... ¿Los has visto?

—Ayer por la tarde —dijo Toni—. Me encontré con Sabine en el parque; fue una casualidad. Me preguntó de repente: «¿Vienes a ver los conejos?». «No me importa», le contesté, y fui con ella.

—¿Y qué pasó?

—Nada de particular. La acompañé, vi los conejos, les di de comer y limpié las jaulas.

—Y acariciaste a los conejos —dijo Florián.

Toni ladeó la cabeza para reflexionar.

—No me acuerdo. En cualquier caso fue bonito, y Sabine se alegró mucho por mi ayuda. Y en el examen he escrito página y media.

—Qué tonto —dijo Florián a su mejor amigo.

—¿Te refieres a mí? —preguntó Toni.

—Sí —dijo Florián—. Te dejas envolver por Sabine y no lo notas. No notas nada.

—Noto que tú deliras —dijo Toni.

Aquello fue demasiado para Florián. Se sentó en su silla y se negó a ir al patio.

—Ya no puede uno confiar en nadie.

Toni le miró con compasión.

—Si tanto deseas ver los conejos, ven conmigo y los verás.

Comenzó a describir el camino.

—Weintraubengasse, número siete. Cruzando el vestíbulo se llega al patio y luego a mano derecha. Allí está la conejera. Se huele enseguida. Basta seguir el rastro del olor.

—Yo no voy.

—La conejera está cerrada —dijo Toni—. La llave cuelga de un clavo encima de la ventana, cerca del tejado.

—Que no voy.

—Pues no vayas —dijo Toni en tono apacible—. Una cosa: si vas entre las dos y las tres de la tarde, no encontrarás a Sabine. A esa hora saca a Treff de la consulta y va de paseo con él. Para encontrarla hay que ir más tarde.

—No voy —gritó Florián.

Toni sacudió la cabeza.

—Se diría que te estoy coaccionando.

Reflexionó un momento, dejando asomar su alma a sus ojazos redondos.

—No te consiento que me grites.

Toni salió del aula sacudiendo la cabeza.

Florián se quedó mirándole. Toni... ofendido. ¿Y quién había originado la situación? Sabine era la culpable.

Corrió detrás de Toni.

—Si te parece, iré allá.

—¿Adónde? —preguntó Toni.

—A ver los conejos —dijo Florián.

—Me da igual que vayas o no —contestó Toni en tono perfectamente tranquilo, y dio un mordisco al bocadillo de salchichas.

—¿Igual? Eso no es verdad —dijo Florián dando una

fuerte palmada a Toni en el hombro—. Tú estuviste allí y te gustaría que yo también viese los conejos. Sabine no debe creer que puede entrometerse en nuestras cosas. Eso no podemos consentirlo.

—¿Entrometerse? —preguntó Toni.

—Y tú tampoco debes creer que yo no me atrevo —dijo Florián—. A las dos y media iré allá. No consiento que digas que no me atrevo...

La Weintraubengasse, número 7, era una casa grande y oscura, con un balcón que sostenían dos gigantes de piedra sobre sus hombros. Florián abrió el portal, cruzó el vestíbulo, empujó la puerta del patio y echó una ojeada. El patio era espacioso y estaba limpio. Junto a un castaño de hojas amarillas había una construcción de madera. Aquello despedía un agradable olor a animales.

Florián se acercó a la conejera. Tomó con precaución la llave que colgaba del clavo debajo del alero, miró a todos lados... y no vio a nadie. Tampoco se movía nada detrás de las ventanas. Florián abrió y entró en la conejera. El ambiente era cálido. Parpadeó en la penumbra. Hierba, herramientas, un comedero, cestos de mimbre y un grifo de agua. Junto a la pared trasera estaban las pequeñas jaulas de los conejos, cerradas con portezuelas de malla espesa.

Florián oyó el ruido que hacían los conejos al pisar la paja.

Se acercó lentamente y les habló:

—Soy yo; no voy a haceros nada.

Escuchó a través de una portezuela. Un conejo se acercó, Florián entrevió su hocico husmeante detrás de la malla y apoyó un dedo en el enrejado. Le hubiera gustado encender la luz, pero no se atrevió.

El conejo olisqueó el dedo de Florián.

No podía ver con claridad al conejo, pero quiso al menos sentirlo. Abrió la portezuela y procuró atraerlo. Al fin lo sacó y lo cogió en brazos. El conejo temblaba. Florián lo acarició y le habló con la mayor dulzura posible. El conejo se tranquilizó bajo sus manos calientes, retrajo las orejas y se dejó acariciar. Florián se hubiera quedado horas, sintiendo la blandura de la piel bajo sus dedos.

—Te quiero —le dijo al conejo—. Te quiero.

Unos pasos en el patio le despertaron de su ensimismamiento. Alguien se acercaba a la puerta. Florián saltó a una zona oscura, cercana a las jaulas, y se escondió entre la hierba, sosteniendo el conejo en brazos. Alguien abrió la puerta. ¿Sería el veterinario? ¿El encargado, para coger algo a toda prisa? Sabine no podía ser, porque había salido a pasear con el perro.

Se encendió la luz. Su resplandor no llegaba al escondite de Florián. Éste apretó la cara contra la piel del conejo y esperó.

Era Sabine.

El timbre de su voz le atravesó el cuerpo como una sacudida. Estaba delante de las jaulas, próximas a él. Dijo:

—¿Estáis ahí todos mis conejos?

Sabine sonrió y el animal que Florián tenía en brazos se puso nervioso.

—Os traigo zanahorias frescas.

Florián oyó cómo abría las portezuelas.

—Schnauberputz, Burlemutz, Mutzebutz. ¡Zanahorias!

«Mutzebutz», pensó Florián. Ya le había parecido a él que el nombre de Florián I para un conejo era una vulgaridad...

Sabine canturreó la melodía de una antigua rima infantil:

Schnurleputz y Schnauberputz,
Schnurlemutz y Schnauberputz,
Burlemutz y Mutzeputz.

—Atención... ¿dónde está mi Burlemutz?

Sabine sonrió, y entonces Florián comprendió que ella había adivinado su presencia.

¿Qué hacer?

Sabine se calló un instante y después dijo:

—Anda, Florián, ven, que Burlemutz también quiere su zanahoria.

Florián salió del montón de hierba. No se atrevió a mirar a Sabine a la cara. Pero ella tampoco le miró a él; cogió el conejo y le preguntó:

—¿Le has hecho daño?

—No le he hecho daño. ¿Qué crees? —le contestó ofendido, mientras se limpiaba la ropa y el pelo de las briznas de hierba—. Estaba muy a gusto conmigo. Me olisqueaba tanto que le abrí la jaula.

—Burlemutz es el más curioso de los tres —dijo Sabine—. ¿Quieres tenerlo mientras limpio la conejera?

—Tenlo tú —gruñó Florián—. Déjame a mí limpiar la conejera. Te voy a enseñar cómo se hace. Esto parece una pocilga.

—Yo he venido aquí para limpiarla —dijo Sabine.

—¿Quieres que te enseñe cómo se limpia la conejera o no?

—Enséñame —contestó Sabine.

Florián limpió las tres jaulas a conciencia. Sabine le miraba mientras tanto en silencio.

—Ya está —dijo Florián al fin.

Metieron los conejos y les dieron de comer. «Como se burle de mí por haberme sentado en la hierba, me marcho y no le dirijo más la palabra», pensó Florián.

—Siempre que doy de comer a los conejos, me acuerdo de que yo también debo comer a mediodía —dijo Sabine.

—¿Aún no has comido? —le preguntó Florián.

—Sí, sí. Dos manzanas y mosto de uvas. Pero ahora voy a hacer huevos fritos. ¿Te gustan los huevos fritos?

—Con tocino —dijo Florián.

—Ven —dijo ella.

«Como diga alguna tontería, me voy», pensó Florián.

Sabine silbó en las escaleras.

—¿La oyes? —preguntó, mientras abría la puerta.

—Burli-buena, bussibussi —parloteó la cotorra.

Los cobayas chillaron.

Sabine fue a la cocina e hizo huevos fritos con tocino. Florián fue al baño, donde se lavó las manos con agua y jabón.

—¿Zumo de manzana o de frambuesa? —le preguntó desde la cocina.

—De manzana.

Florián se sentó con Sabine en la cocina y comió huevos fritos con tocino.

«A veces suceden cosas que no suelen ocurrir», pensó.

8

EL padre estaba cansado, pues había conducido durante seis horas sin interrupción. Había lloviznado y el pavimento estaba resbaladizo. La semana había sido buena. Había vendido más libros que cualquier otro, aunque la campaña de Navidad era una cosa ya olvidada y los libreros tenían sus almacenes llenos. Una conversación telefónica con el jefe, desde la ciudad de Innsbruck, le había confirmado el éxito. Había superado incluso las ventas de su compañero Pospischil.

Abrió los regalos y los puso sobre el piano: quince grandes tabletas de chocolate con reproducciones del Goldener Dachl, y para su esposa un licor de hierbas. Había escrito en la etiqueta de la botella: «Tres copas a lo largo del día, antes de que los niños vuelvan del colegio». La familia podía estar contenta y tenía derecho a un poco de calma. Pero Franziska corrió hacia él con el cuaderno en la mano y gritó:

—Tienes que leerlo. Florián ha escrito una redacción sobre mí.

El padre dejó escapar un suspiro y leyó la redacción, que describía a Franziska sentada al piano, contando uno-dos-tres, enfadándose porque no le salía «El cuco y el asno» y llevando el compás con la barbilla. El tema se titulaba «Una niña jugando» y al padre le pareció extraño que a Florián no se le ocurriera otro argumento que el de su hermana tocando el piano. Florián hablaba de lo difícil que era tocar aquel instrumento. La composición rezumaba simpatía hacia Franziska, a la que describía con precisión y cariño. De no haber sido por aquellas faltas garrafales de ortografía y la omisión sistemática de las comas, Florián habría obtenido un sobresaliente y no un bien.

El padre se sentó en la butaca y Franziska, en el suelo,

cerca de él. Intentó conocer por boca de la niña cómo había pasado el último fin de semana. ¿Había jugado con las muñecas? ¿Seguía coleccionando aquellos horribles cromos de indios?

—¿Qué tocas entre semana, cuando yo estoy fuera, Franziska?

—Lo del cuco. Pero ahora comienzo con el «Venid, niños». Y una pequeña canción de Bach: *di dadadada di dadadada.*

Cantó con una voz agradable y fuerte.

—¿Y con qué juegas?

Después de reflexionar, Franziska contestó vacilante:

—He ido dos veces al parque en bici... Y Florián me dejó sus tebeos viejos.

—¿Y la casa de las muñecas?

Recordó que Franziska había hecho unas cortinas para su casita de muñecas. ¿Cuándo fue aquello? ¿A primeros de septiembre?

—La casa de las muñecas está en mi baúl —dijo Franziska.

La madre le oyó las últimas palabras.

—Franziska casi no tiene tiempo para jugar —dijo—. Apenas sale a tomar el aire. Tiene mucho trabajo en el instituto y no olvides que para inscribirse en enseñanza media hay que presentar el certificado del semestre. Y la profesora redacta un dictamen sobre cada alumno. El certificado del semestre es muy importante este año.

—La única que mira el certificado del semestre es la secretaria del director —dijo Florián.

—Sí, pero si se matriculan muchos alumnos y el instituto no puede dar cabida a todos, eligen a los mejores, ¿no? —contestó la madre—. Me gustaría estar segura de que Franziska va a ir a vuestro centro.

La madre suspiró, tomó la botella de licor que estaba encima del piano y leyó la etiqueta.

—Si los tres vais al instituto, necesitaré más de tres copas diarias.

—Yo, a la edad de Franziska, jugaba todos los días a los indios —dijo el padre—. Y al tres en raya. Y a las cartas.

La madre desenroscó el tapón de la botella y olisqueó.

—Tu madre fue muy indulgente con vosotros... Y tú en la primaria tuviste dificultades... Ella misma me lo contó.

—Yo sé jugar al tres en raya —dijo Franziska—. En eso te gano con facilidad. Y también sé jugar a las cartas.

Decidieron jugar a las cartas después de la cena. Florián observó los preparativos que hacían, anduvo rondando por la cocina y preguntó a su madre:

—Cuando estéis en la sala, ¿podré utilizar la mesa de la cocina?

—¿Otra vez con esas porquerías de yeso? —contestó la madre.

—Extiendo periódicos en el suelo —dijo Florián.

—Eso no basta. El polvillo se cuela por todas partes. Hoy he limpiado el suelo de la cocina con la aspiradora para cuando llegase papá. ¿No puedes hacer los moldes en el colegio?

—Ha sido una idea nada más —dijo Florián.

Cuando la familia estaba jugando a las cartas, Florián se acordó de que había prometido a Toni dejarle el cuaderno de historia natural.

—Tonto de mí —dijo—. El lunes se echa encima. Voy corriendo a llevárselo.

—Pero vuelve inmediatamente —dijo la madre.

—A lo mejor tengo que explicarle algo... —dijo Florián.

—A las nueve debes estar en casa —dijo el padre—. Prometido, ¿eh?

Florián salió. Su madre comentó mientras barajaba las cartas:

—Quién sabe si será verdad lo del cuaderno de historia natural. Florián sale mucho últimamente. Siempre con el pretexto de estudiar con Toni. A veces estudian haciendo trío con esa Sabine Mitterhöfer. Esto último tiene visos de ser verdad, porque a veces me ha telefoneado la madre diciendo que Florián estaba tomando el té y que llegaría a casa dentro de un cuarto de hora. Ocurrió el miércoles antes del examen de inglés... Pero no siempre estoy segura de que sea verdad todo lo que me cuenta. Hoy, por ejemplo..., quería hacer moldes de yeso, y esto ensucia la casa. Ya ha hecho uno en la cocina. Quiere hacer figuras de barro en serie. Adornos para el árbol de Navidad y cosas así. Los chicos de su curso están locos con eso. El dibujo y la artesanía... Como si no hubiera otras obligaciones. Dedican la mayor parte del tiempo a esos trabajos secundarios.

—Florián quiere hacer también cosas para nosotros —dijo Franziska—. Yo sé algo, pero no puedo decirlo.

—Me parece bien que desee sorprendernos y darnos una alegría —dijo la madre—. Pero ¿tiene que ser ahora, con el trajín de los exámenes? Florián va a ir incluso a un taller..., y hasta el profesor Kern le acompañará, figúrate. Quieren ir después de la clase y yo tendré que esperar con la comida.

—Ponle más bocadillos —dijo el padre—. Me parece que exageras. Yo me alegro de que Florián haya hecho una redacción tan bonita..., aparte las faltas, naturalmente. Lo cierto es que lo que ha escrito me gusta.

Bárbara se levantó. Después de rebuscar en el escritorio de Florián, volvió agitando un cuaderno en la mano.

—Éste es el cuaderno de historia natural que iba a llevar a Toni...

—Vamos a ver —dijo la madre—. Yo tendría que vigilarlo de cerca. Pero eso no lo soporto, me destroza los nervios.

—PERO ¿TÚ VAS A SUBIR CONMIGO? —preguntó Brigitte Kratochwil a Max Kern.

—Claro. Os ayudaré a llevar las cajas. Debemos descargar deprisa.

—Sólo descargar —dijo Brigitte.

El taller de cerámica de Christa Lederer se encontraba en la planta sexta; a pesar de ello, Brigitte Kratochwil se negó a utilizar el viejo ascensor. Afirmó que a ella no la metían allí ni a rastras, que prefería subir a pie y mantenerse ágil. Sabine la acompañó porque también ella quería mantenerse ágil.

El profesor Kern y Florián apilaron las cajas con las vasijas de barro en un espacio reducido. Sabine había llevado guata de la consulta de su padre para empaquetar las delicadas y frágiles figuras del árbol de Navidad. Florián colocó en la parte superior las cajas que contenían los adornos.

—Padece agorafobia —dijo Florián de pronto mientras subían en el ascensor viendo por el cristal a Brigitte Kratochwil y a Sabine en las escaleras—. Algo de eso hay. La semana pasada, el aula de dibujo estaba llena trabajos de cerámica y dijo que no lo podía soportar. «Allí dentro me pongo mala», dijo. Y añadió que lo que más deseaba era pintar al aire libre, a orillas del Danubio.

—Hum —dijo Kern. Y, después de subir y de descargar las cajas, afirmó—: Eso no es agorafobia, sino claustrofobia: miedo a los espacios cerrados.

—¿Cómo aguanta entonces en el instituto? —preguntó Florián

—Hum —repitió Kern.

—En primavera pintará con nosotros al aire libre —dijo Florián—. Nos lo ha prometido.

Brigitte Kratochwil y Sabine llegaron arriba jadeantes y sonriendo.

—He ganado por media cabeza —dijo Brigitte Kratochwil a Sabine. Luego llamó al timbre de una gran puerta de hierro. Les abrió una anciana de baja estatura y pelo gris. Llevaba una bata con más lamparones aún que la de Brigitte.

—No se asuste, señora Lederer —dijo Brigitte—. Sólo somos cuatro y sólo traemos seis cajas.

—¡Seis cajas! Entonces habéis trabajado mucho —dijo la anciana—. Entrad, que preparo el té para todos.

—No es necesario —dijo Max Kern—. Nos vamos enseguida.

Llevaron las cajas al taller a través de una pequeña antesala.

Florián inspeccionó el local con cara de sorpresa. Qué pocas paredes y cuántas ventanas. Cuánta luz y cuánto cielo. Como en una casa de cristal. Las ventanas permitían divisar desde los tejados de las casas hasta los montes lejanos. En las laderas de los montes había manchones de nieve. El cielo estaba poblado de bandadas de cornejas.

—Qué bonito es esto —dijo Sabine—. Si fuese una vivienda... El que viviese aquí no se sentiría encerrado.

Florián vio el gran horno de cocción en la parte estrecha de la estancia y las grandes mesas alargadas. Había espacio sobrado para trabajar. En largos estantes se alineaban innumerables vasijas, ánforas y platos. Algunos estantes eran sólo unos emparrillados de listones, donde se secaban los objetos de barro.

—Algo así nos hace falta a nosotros —dijo Florián a Brigitte Kratochwil.

Sabine recorrió los estantes y miró los objetos expuestos para la venta.

—Son bonitos —dijo.

La señora Lederer se acercó a ella.

—¿Éstos? Sí... Las piezas «buenas» están...

—Aquí —dijo Florián—. Aquí dentro.

Florián señaló una vitrina alta y estrecha.

Todas las piezas eran diferentes. Algunas tenían cuellos altos y estrechos, otras eran panzudas, algunas con tres o cuatro aberturas en forma de trompeta. Y colores muy bellos: verde manzana con sombras grises, azul celeste suave, rojo difuminado, dorados sobre marrón, blanco con puntas oscuras. Y un azul fuerte, oscuro, radiante.

—¡Maravilloso! —dijo Florián—. Debemos adquirir este vidriado. Algo así deseo para mi vasija.

La señora Lederer miró a Florián por encima del hombro.

—¿Ese azul? ¿Precisamente el azul cobalto? ¿El vidriado más caro para una vasija de principiante?

—Disculpe —dijo Florián.

—¿Cuál es tu vasija? —preguntó ella—. Enséñamela.

Sabine y Brigitte habían desembalado las cajas. Florián se atragantó de emoción y señaló la vasija del caracol.

—Hum —dijo la anciana—. Un caracol de principiante sobre una vasija de principiante. Está sin duda en el sitio correcto. Yo también lo hubiera puesto ahí.

Todos callaron, mientras Florián miraba al suelo. La señora Lederer recorrió la mesa y examinó las distintas piezas.

—¿De quién es ese perro pachón? ¿También de un alumno, Brigitte?

—De Florián...

—¿Y los conejos?

—También de Florián.

—¿Y esta estrella de Navidad y esos ángeles cursis?

—Los hicieron los otros en clase, con un molde de yeso que Florián les había preparado —dijo Brigitte Kratochwil—. Los vamos a esmaltar en rojo y azul; luego serán un bonito adorno del árbol de Navidad.

—Bien, bien, Brigitte. Tranquila. Haremos cocer todo esto —dijo la señora Lederer.

—¿Y estas plaquitas? ¿Qué representan? —señaló unos pequeños discos de arcilla, oblongos, decorados con espirales, líneas sinuosas y signos misteriosos hechos con módulos finos. Cada disquito presentaba tres o cuatro perforaciones.

—Eso..., eso —dijo Brigitte Kratochwil—. Bueno... Creo que llevo aún el dibujo en el bolso.

Revolvió en el bolso que llevaba en bandolera y sacó un papel. El dibujo representaba un arco de madera del que colgaban plaquitas de diverso tamaño, formando rectángulos alargados.

—Cuando las plaquitas chocan entre sí, tintinean —dijo Brigitte Kratochwil—. Los arcos se cuelgan en el marco de la puerta...

—Es una buena idea —dijo la señora Lederer—. Lo más simple es siempre lo más bello.

—La idea no es mía, sino de Florián —dijo Brigitte.

—¡Ah! Pero yo iba... ¿Qué iba a hacer yo?

—Iba a preparar el té —dijo Sabine con dulzura—. ¿Puedo ayudarla?

Se fue detrás de la anciana. Max Kern sujetó a Brigitte del brazo y le susurró:

—Dime. ¿Ella cree realmente que tú puedes conseguir que un alumno de octavo haga obras maestras?

—Ella trata con alumnos adultos —dijo Brigitte—, no con chicos. Florián, no te ofendas, pero es una anciana. Nuestras seis cajas suponen probablemente demasiado trabajo para ella. El director me ha autorizado pagar, pero yo conozco bien a la señora y ella cobrará sólo los gastos de electricidad y no su trabajo. Esto lo hace por mí. Debemos ser moderados y muy corteses con ella.

—Yo no me ofendo —dijo Florián—. Pero la crítica que ha hecho de mis cosas me ha producido una sensación en el estómago..., como un examen de física.

—No exageres ahora, Mayer —dijo el profesor Kern—. Un examen de física conmigo es una fiesta comparado con esta inspección de nuestra cerámica. ¡«Principiantes»! ¡«Ángeles cursis»! Ésa no entiende una palabra de crítica de arte.

Kern miró a Florián. Florián le miró a él. Los dos guardaron silencio. Kern carraspeó ligeramente y se asomó a la ventana.

Llegó Sabine con una bandeja y cinco tazas. La señora Lederer traía la tetera.

—Esperemos que nadie quiera azúcar —dijo—. Se me ha acabado.

Los visitantes aseguraron a coro que tomaban siempre el té sin azúcar para conservar la línea.

—A mí me gusta tomar el té con azúcar —dijo la anciana—. Pero los cinco pisos y ese ascensor destartalado...

Tomaron el té y lo elogiaron.

A la segunda taza, la señora Lederer miró a Florián y dijo:

—Acompáñame.

Condujo a Florián a una mesa situada frente a la ventana y le puso su trozo de arcilla en la mano.

—Bien, ahora haz pellas.

Dijo pellas, no salchichas.

Florián dividió el trozo y formó una pelota pequeña. Luego hizo girar la arcilla entre las palmas de las manos.

—¡Alto! —dijo la señora Lederer—. Primero debes amasar la arcilla hasta que no queden dentro burbujas de aire. Al menos durante diez minutos. Las burbujas pueden hacer saltar una pared de la pieza en la cocción.

—¡Oh! —dijo Florián, y empezó a amasar.

—Supongamos que has amasado lo suficiente —dijo la señora Lederer—. Ahora dale forma de cilindro. Y haz una pella fina. Al aire no. Sobre la mesa. Trabaja con toda la palma de la mano. Permanece paralelo a la superficie de la mesa. ¡Alto! Otra vez has fallado. Debes trabajar desde el centro del cilindro hacia fuera. Ahora es correcto. Bien... Esta pella, ¿es utilizable?

Florián miró su salchicha de arcilla. Tenía el espesor de un dedo.

—Sí —contestó.

—No —dijo la señora Lederer—. Debes cortar primero los extremos porque podrían contener burbujas de aire. Ahí tienes un cuchillo. Así. Ahora es una pella utilizable y puedes hacer una placa base si la conformas en espiral y la afinas con mucho cuidado.

—¡Ay! —exclamó Florián mientras manipulaba una segunda y una tercera salchicha con arreglo a las instrucciones—. Ya estoy viendo estallar todas nuestras piezas en la cocción.

—No será para tanto —dijo Brigitte.

Florián colocó la segunda salchicha al borde de la mesa, hizo de ella una placa rectangular y la fijó fuertemente.

—Bien —dijo la señora Lederer.

—Creo que aprendería a base de ejercicio —dijo Florián—. ¿Es mucho más fácil con el torno? Yo no he visto nunca a un alfarero trabajando con un torno.

El profesor Kern se puso de puntillas, carraspeó un poco, miró el reloj y luego miró a Brigitte.

—Un poco de paciencia —susurró ella—. Para una vez que los chicos tienen ocasión de ver...

La señora Lederer se sentó delante de un torno que era accionado por un motor. Junto al disco había un recipiente con agua. La señora Lederer sumergió una esponja en el agua, la exprimió y humedeció el disco. Un golpe de pedal y el disco empezó a girar. La señora Lederer lanzó un trozo de arcilla al centro del disco, la arropó con ambas manos hasta que la arcilla quedó fija y bien centrada en el disco e introdujo los pulgares en ella. El hoyo practicado por los pulgares se fue ensanchando y la pared de la vasija se elevó con ayuda de los dedos. Fue como ver algo mágico. Florián estaba mudo, Sabine sonrió de alegría, Max Kern se agachó hasta que tuvo la vasija a la altura de los ojos y dijo:

—Magnífico, chicos. Mirad. En corte transversal, describe una parábola: *y* es igual a un cuarto de *x* elevado al cuadrado.

La señora Lederer retiró el pie del pedal y sonrió satisfecha.

—Cuando yo era una joven ceramista, hice largos y complicados cálculos con el fin de averiguar cómo se debe hacer el pitorro de una tetera para que no le cuelgue ninguna gota que pueda desprenderse y manchar; exactamente el ángulo óptimo. Y lo calculé todo. Posteriormente vi en un museo de etnología un cántaro campesino, antiquísimo, de Burgenland, con un pitorro como el de mi modelo, que yo había calculado con tanto esfuerzo. Y hecho por un alfarero que quizá no sabía leer ni escribir.

—¿Cómo pudo hacerlo? —preguntó Florián admirado.

—Sabía hacerlo. Lo aprendió sin duda de su maestro, que lo había aprendido del suyo... Así debe ser el pitorro para que no gotee. Perfecto. Pero alguna vez, hace innumerables generaciones, alguien ensayó largo tiempo hasta encontrar la forma ideal.

La anciana se levantó y condujo a sus visitantes al horno de cocción. Estaba conectado, la bombilla de control encendida. Florián se puso de puntillas y miró las válvulas de ventilación. Estaban cerradas.

—El horno está ya a una temperatura muy elevada —dijo Florián a Sabine.

—¿Tú crees? —preguntó Sabine.

En la portezuela del horno había una mirilla por donde se podía ver el interior. Florián contempló el resplandor de color rojo oscuro.

—¿Qué, Florián —dijo la anciana de pronto—, se sostienen aún?

—Uno ya está derretido —dijo Florián.

Max Kern y Brigitte Kratochwil se miraron sorprendidos. Sabine dijo:

—Déjame mirar... ¿Qué se sostiene y qué está derretido?

La señora Lederer se lo explicó:

—A través de la mirilla ves tres pequeños conos: son mis vigilantes y ayudantes. A determinadas temperaturas se inclinan y caen. El que está derretido era mi alarma preventiva. Cuando caiga el segundo cono, se habrá alcanzado la temperatura final... ¿A qué grados creéis que se cuecen nuestras piezas?

—A los novecientos cincuenta grados —dijo Florián—. Es la temperatura de cocción del bizcocho. Entonces la arcilla está dura, pero aún puede absorber agua. Una pieza así no puede emplearse como jarrón de flores. Para eso se precisan los mil grados. Entonces la arcilla queda dura como el vidrio y no absorbe ya agua.

—Tú estás enterado —dijo sonriendo la señora Lederer.

—Sí —dijo Florián—. Pero sería bonito verlo también en la realidad.

La señora Lederer hizo una inclinación de cabeza a Brigitte y ésta repitió el mismo gesto a Max Kern.

—Una magnífica lección de física, Max. Esto se queda grabado en la memoria.

Sabine se quedó admirada. Kern guardó silencio.

—Yo quisiera preguntar algo —dijo Florián—. ¿Usted conoce la arcilla que se extrae en las obras del suburbano? Va mezclada con hierro y manganeso. Suponiendo..., suponiendo que se someta a cocción, ¿qué colores resultarían?

—Rojo y marrón —dijo la señora Lederer—. Pero no creas que es una arcilla utilizable. Habría que amasarla bien con agua para poder modelarla. ¿Alguna pregunta más? Podéis venir la semana próxima a recoger vuestro trabajo.

Brigitte abrevió la despedida. Florián echó de nuevo una ojeada al taller. Los platos y las vasijas brillaban sobre los estantes en una franja de sol rojizo. El cielo era verde turquesa, con tenues nubes grises. Los tejados de la ciudad se recortaban oscuros. Había luz en algunas ventanas y se veía el destello azul de los televisores.

—Muévete, Florián —dijo la señora Lederer, empujándolo en dirección a la salida—. Puedes venir otra vez.

Ya en el coche, Brigitte Kratochwil dijo:

—Es extraordinario lo que sabes sobre cocción, Florián. El señor Kern os ha enseñado realmente bien...

Florián guardó silencio.

Entonces, Max Kern dijo:

—Yo no les he enseñado. Los hornos de cocción no vienen en el programa de octavo. Yo creía que los habías preparado tú.

—¿En dibujo? No. ¿De dónde sabes esas cosas, Florián?

—De un libro de la Biblioteca Municipal —respondió el muchacho.

9

EL 1 de diciembre, el profesor de gimnasia, Sebastián, pasó por todas las aulas.

—Esta semana necesito tener las inscripciones definitivas para el cursillo de esquí en la temporada de Navidad.

Florián se apresuró a comunicarlo a sus padres.

—Van muchos de nuestro curso: Hansi Schmied, Sabine Mitterhöfer, incluso Toni. Toni quiere estar en forma para quedar bien en nuestro cursillo de esquí escolar.

—¿Cuándo es ese cursillo? —preguntó la madre.

—A partir del doce de enero.

—¿Y el cursillo de Navidad?

—Del veintiséis al uno.

—¿Y cuándo son los exámenes de enero?

—Antes y después de nuestro cursillo de esquí. El de inglés, el día diez; el de matemáticas, el veintidós.

—Estupendo —dijo la madre—. No cabe una distribución más irracional. Siempre unos días después de las vacaciones. Así se van a concentrar los chicos en sus estudios. Me gustaría saber quién programa eso.

Se puso muy nerviosa. Florián procuró llevarla al tema de conversación.

—Mamá, si hasta Toni...

—Me parece que es suficiente un cursillo de esquí en el espacio de tres semanas.

Florián habló con su padre.

—¿No puedes hacer cambiar de parecer a mamá? Ya estudiaré en la segunda semana de vacaciones.

—Hum —dijo el padre—. Yo prefiero que la familia esté junta los días de Navidad. Mis ausencias son frecuentes, pero esa semana estaré en casa y podría hacer excursiones diarias con vosotros para ir a esquiar.

—Eso puedes hacerlo con Bárbara y Franziska.

—Me parece que prefieres la compañía de tu pandilla a la de tu familia —dijo el padre.

Pero sonrió y le prometió hablar con su madre. A la mañana siguiente llegaron a un compromiso con Florián:

—Si los próximos exámenes son positivos, podrás ir.

—¡Ay, Dios! —dijo Florián—. El plazo de inscripción expira esta semana.

—Ponte de acuerdo con el profesor de gimnasia para que te deje libre una plaza —dijo su padre.

—¿Tú crees que a él le gustan las excepciones? —respondió Florián—. ¿Y qué entendéis vosotros por resultados «positivos»?

Sus padres se miraron y ella dijo:

—Está claro: los suficientes raspando no bastan.

—Qué manera de chantajear —dijo Florián a Toni, de camino hacia el colegio—. No te puedes figurar cómo le chantajean a uno.

Fue muy desagradable para él acudir al profesor de gimnasia a exponerle el caso.

—Si es así... —dijo el profesor—. Vale, Mayer. Te reservo una plaza excepcionalmente, y no lo digas por ahí. Aplícate y estudia.

Florián estudió mucho durante aquellas semanas. Generalmente lo hacía solo, pero a veces iba a casa de Toni o de Sabine, o con Toni a casa de Sabine, y estudiaban los tres juntos. Éstos fueron los momentos felices de la temporada. Aquellas tardes estudiaban hasta que los padres de Sabine llegaban de la consulta. Entonces tomaban juntos el té. El padre de Sabine contaba cosas de su vida profesional y la madre, que hacía de ayudante en la consulta, hablaba de personas que en el curso de los años se iban pareciendo cada vez más a sus animales domésticos en la cara, en el andar y en las costumbres alimentarias.

Florián creyó adivinar que el padre de Sabine había sido más feliz ejerciendo de veterinario en el campo.

—Aguarde usted a la primavera —le dijo Florián—. Entonces la gente le traerá a diario crías de vencejos que han encontrado en el patio o en la calle, le dirán que se han caído del nido y que aún no saben volar. Entonces basta con lanzar al aire los vencejos y emprenden el vuelo. Los vencejos serán una distracción para usted.

—Tú me consuelas mucho —le dijo el padre de Sabine.

Una tarde, el veterinario trajo un gato a casa. Se lo enseñó a los chicos.

—¿Sabéis lo que es? Un gato abandonado. Lo oí maullar en el patio, en el cubo de la basura —estaba rojo de ira—. Quizá soy injusto, pero creo que la gente de la ciudad es más propensa a estas crueldades que la del campo.

—En el campo ahogan a las crías de gato —dijo la madre—. Yo lloré a menudo de niña por eso.

El padre llevó una taza de leche al gato y observó con qué avidez la lamía.

—¿Qué va a hacer ahora con el gato? —preguntó Toni.

—De momento se queda con nosotros —dijo el padre.

—¿Y Treff?

—Éste, como perro de veterinario, está acostumbrado a todo. ¿Verdad, Treff?

«Guau», ladró Treff. Y la cotorra gritó: «Apaga-la-caja-tonta».

—¿Cómo? —exclamó el padre mirando en dirección a la jaula—. No hemos visto la televisión en todo el día, amiga; en esta casa se estudia a tope.

La cotorra no se dejó intimidar. Cuanto más fuerte se le hablaba, más elevaba el tono de sus chillidos.

FLORIÁN sacó un bien en el examen de alemán. El tema de la redacción fue «Pensamientos de Adviento». En el de latín, notable. El viejo profesor le confesó a Mayer que casi le había dado un ataque de alegría ante este resultado. Menos mal que pudo echar mano del tónico de Marialuise. El bien en matemáticas le obligó a admitir a Kern que aquello marchaba bien. El sobresaliente de música se debió a la copia descarada que había hecho del examen de Sabine, quien a su vez había copiado de Hansi Schmied. Cuando hizo este examen, Florián se encontraba agotado. Le recomendaron descanso y vitaminas. Mereció un bien en geografía. El tema le gustó: «Dornbirn, el centro de la industria textil de Austria oriental». No estuvo muy seguro a la hora de repetir lo que alguien le estaba soplando desde atrás, a pesar de las órdenes repetidas de silencio.

En física tuvo que contentarse con un suficiente. Aguantó estoicamente las frases de ánimo de Kern.

—Mayer, esperaba más de ti. Hablas con monosílabos, palabras sueltas... Tengo que hacerte yo las frases. Puedes rendir más si te lo propones.

—¿Puedo repetir este examen la próxima semana?

—Antes de Navidad en modo alguno. Mira mi calendario. Quizá en enero. Sí, en enero será posible. Por supuesto que tendrás una oportunidad para mejorar.

Florián se fue a casa en compañía de Toni sin hablar una palabra.

—No pondrán dificultades por un solo examen —gruñó Toni; pero Florián se limitó a encogerse de hombros.

—¿Qué tal? —preguntó Bárbara, que le abrió la puerta—. ¿Qué has sacado en física?

No le contestó. Se fue a la cocina y dijo a su madre:

—He sacado un suficiente.

—¿Cómo es posible? Y eso te pasa precisamente con el profesor Kern. ¿Cómo es posible?

—No pude más —dijo Florián—. No tengo ganas de comer. Me voy a acostar.

—Un suficiente —dijo Bárbara—. Ya no puede ir al cursillo de esquí. Florián trató el asunto con su padre el fin de semana.

—Sólo puedo repetir el examen en enero. Y en todas las demás asignaturas obtuve buenas notas.

—Es cuestión de principios —dijo el padre—. ¿Para qué asumir compromisos que no se van a cumplir? Si cedemos, la próxima vez vas a abusar igual.

—No comprendo cómo se puede ser tan testarudo —dijo Florián—. Sólo por el dichoso Kern con su dichosa física.

Al anochecer sus padres estaban solos ante el televisor.

—Han sido muchos exámenes seguidos —dijo la madre—. Yo me he extrañado de que aguantase tanto. Quizá deberíamos...

—¿Primero no, luego sí, luego no, luego sí? —dijo el padre—. Florián necesita una mano firme. Y, además, ha estado insolente. Ha dicho que soy testarudo.

DESPUÉS DE LA CLASE de gimnasia, Florián aguardó delante del cuarto de aparatos la llegada del profesor de gimnasia.

—No puedo ir. Me ha ido bien en ocho asignaturas, pero en física he sacado un suficiente.

—Bueno, Mayer, habla con tus padres. No serán tan testarudos.

—Es inútil —Florián estuvo a punto de llorar de rabia.

El profesor de gimnasia le dio una palmada en el hombro.

—Pero el cursillo de enero será magnífico, Mayer. Tú irás conmigo en el grupo uno, ¿sabes? Además, es posible que en Navidad..., yo tengo mis dudas de que en Navidad haya nieve suficiente. La situación meteorológica es desfavorable. Te aseguro... —el profesor se esforzó en consolarle.

Florián asintió a todo y se marchó.

El profesor Sebastián dijo al profesor Kern durante el café del descanso:

—Oye, le has birlado a Mayer, de octavo A, el curso navideño de esquí. Por haber sacado suficiente, no podrá ir.

—Anda, no te metas con los demás —contestó el profesor Kern.

Aquella tarde, Florián se sentó delante de la jaula en la cocina de Sabine Mitterhöfer y pronunció cien veces ante la cotorra la frase: «Ya no muevo un dedo por el insti».

«Un-dedo-por-el-insti» —gritó Burli cuando llegó el padre de Sabine a casa.

—Ya ha aprendido algo nuevo —comentó.

TRES DE LAS PIEZAS de 8.º A estallaron en el horno. Todas las demás alcanzaron el vidriado. Brigitte Kratochwil mezcló en un cubo de plástico un esmalte idóneo para todas las piezas: un bello verde azulado pálido. Toni aplicó el esmalte con un pincel grueso. Luego sumergían las piezas, las hacían girar en el esmalte, las vaciaban y las retiraban. Las piezas pequeñas —esferas, plaquitas y figuras de animales— las esmaltaba cada uno con su pincel. Brigitte había comprado unas bolsitas de polvos de esmalte de diverso tipo que se podían mezclar en pequeñas cantidades con agua.

Cuando las piezas estuvieron secas, Brigitte Kratochwil buscó la ayuda de Sabine y de Florián. Había que preparar los objetos para la cocción. Limpiaron la base y el borde inferior con una esponja húmeda para que las piezas no quedasen adheridas durante la cocción.

—¿Me acompañaréis otra vez al taller? —preguntó Brigitte.

—¿Irá el profesor Kern?

—Sí, es tan bueno que se ha dejado convencer.

—Creo que yo no podré ir mañana —dijo Florián.

—Yo tampoco —dijo Sabine.

—No importa —dijo Brigitte Kratochwil.

Se alegró de ir sola con su compañero de trabajo.

«Ya lo tengo casi atrapado —pensó—. Si tuviera más interés por las actividades creativas...»

—¿Y cuándo estarán listas las piezas? —preguntó Sabine.

—La semana próxima; me lo ha prometido la señora Lederer. Entonces el profesor Kern no podrá acompañarme, lástima. Irá el profesor de religión.

—Yo podré ir la semana próxima —dijo Florián.

—Yo también —dijo Sabine.

—Magnífico —dijo Brigitte—. Puede que la señora Lederer os permita ensayar con el torno.

«El padre Mader —pensó Brigitte— sabe esperar con más paciencia que Max.»

—Estupendo —repitió Brigitte—. Entonces todo está bien programado.

EL TIEMPO no fue propicio en Navidad.

—Nos dedicaremos a pasear por el barro y te enviaremos como consuelo una tarjeta manchada —dijo Sabine cuando volvían de la exposición escolar al instituto, donde iban a asistir a una representación navideña preparada por los alumnos de quinto y sexto.

—Un cursillo de esquí sin ti pierde la mitad de la gracia —dijo Toni—. ¿Quién se va a estrellar ahora cuando yo destroce las pistas?

—Sabine —dijo Florián—. Oye, Sabine, no esquíes nunca detrás de Toni. Es peligroso.

La representación navideña duró una hora y trataba de pastores y ángeles. Bárbara hizo de pastora. El coro del instituto cantó villancicos.

—Oye, Sabine —dijo Florián—. El día veinticuatro vete a ver a Burlemutz y mira debajo de la jaula. Allí hay algo pegado con... con cinta adhesiva.

—Eh..., Florián —dijo Sabine—. ¿Es una cosa alargada y redonda, angular, y se puede balancear? ¿Es azul?

—¿Azul?... ¿Estás loca? —preguntó Florián.

—¿Cómo es entonces? —preguntó Sabine, llena de curiosidad.

«Ésta va a ir a averiguarlo hoy mismo», pensó Florián.

—Ya lo verás —dijo.

Florián no estaba dispuesto a explicar a nadie cómo había esmaltado las cuentas para el collar de Sabine: verde grisáceo con puntitos pardos y de trecho en trecho una pequeña franja amarilla.

—¿CÓMO ESTUVO HOY Bárbara? —preguntó la madre—. ¿Ha levantado la voz lo suficiente? ¿No estuvo cohibida? Ayer, en la representación para los padres, estuvo encantadora.

—Creo que lo hizo bien —dijo Florián.

No convenía poner nerviosa a mamá dos días antes de Navidad. Ya andaba bastante intranquila con todos los preparativos. El padre estuvo ausente toda la temporada y ella tuvo que preocuparse de los regalos.

—¿Qué le vas a regalar a Bárbara, Florián? Os peleáis mucho, pero supongo que en Navidad...

—Tengo algo para ella, si te parece bien —dijo Florián—. Podría regalarle un conejo esmaltado.

—¿Y para Franziska?

Florián fue a la sala de estar y sacó del cajón inferior del escritorio una caja. Quitó la capa de algodón. Había platos, ollas y fuentes para la casa de las muñecas. Y un espejito de pared con marco de cerámica de color azul cobalto y cristal de luna auténtico.

—Oye, Florián —dijo su madre—. ¿Dónde lo has comprado? Tengo ganas de sentarme ahora mismo y empezar a jugar con eso.

—Lo hice en el instituto —dijo Florián.

—Sí, pero el espejo...

—Lo hice cortar en la cristalería. ¿Tienes papel para envolver, con motivos navideños?

La madre fue al dormitorio y le llevó algunos pliegos, tijeras, lazos y pegamento.

Florián hizo un bonito paquete para Franziska. Para la abuela envolvió el conejo de esmalte más bonito. Para la madre de Toni empaquetó el perro pachón, primero en algodón, luego en un rollo de cartón y finalmente en una hoja de papel dorado. Escribió una tarjetita: «Feliz Navidad y muchas gracias».

Fue a casa de Toni y colocó el paquetito dorado sobre el felpudo, delante de la puerta de la familia Staringer.

Luego tocó el timbre y echó a correr escaleras abajo.

En el camino de vuelta a casa se le ocurrió regalar a sus padres el jarrón de color verde azulado. Compró muérdago en la floristería.

«Esto es suficiente», pensó.

10

El primer día de clase después de las vacaciones de Navidad, Florián encontró un cerdito de mazapán en el cajón de su mesa, y Sabine llevaba puesto el collar de color verde grisáceo.

Florián bautizó al cerdito de mazapán con el nombre de Max Kern y le mordió la cabeza. Sabine se echó a reír. Ofrecía buen aspecto y tenía las mejillas sonrosadas. Dijo que habían tenido mucha nieve y mucho sol en el cursillo de esquí, en flagrante contradicción con las referencias de Toni. Éste aseguró que las pistas estaban llenas de hierba y de margaritas. La niebla, según él, fue tan espesa que parecía algodón. Además, llovió a torrentes. La comida en el albergue fue infame. Las veladas aburridas, porque a nadie se le ocurrió llevar juegos. Toni se acostaba siempre a las ocho... Florián golpeó a Toni en el hombro. Era muy meritorio en Toni inventar tantas cosas.

—En el próximo examen de alemán te dan un sobresaliente.

—Fue muy divertido. Y te echamos mucho de menos —dijo Sabine—. Figúrate: las chicas nos alojábamos en el primer piso y los chicos en la planta baja, y Sebastián se acostaba de noche con su saco de dormir en el rellano de la escalera para que no ocurriera nada improcedente entre la planta baja y el primer piso.

—Siempre hace igual —dijo Toni—. Todo el mundo está mal de la cabeza.

—Pero no vigila en las pistas —dijo Sabine—. Había también chicos de tercero de bachillerato, y uno de ellos, Gerry, besó a Marialuise. Y su hermano, Paul, quiso besarme a mí, pero yo me escapé. Tres veces lo intentó.

—Paul es bueno; a ése podías haberle dado un beso tranquilamente —dijo Toni—, si tanto se empeñaba.

—¿Ah, sí? ¿Sólo porque es bueno? Entonces tendría

que daros un beso a ti y a Florián, porque sois mucho mejores aún.

Toni se asustó.

—A mí de ninguna manera, Sabine. Mi madre me besuquea ya bastante; primero, al salir de casa, y después, al volver.

Florián guardó silencio.

—Esa Marialuise... —dijo Sabine—. Empezó de pronto a mostrarse la mar de amable conmigo, prestándome cera para los esquís y obsequiándome galletas. Quería congraciarme con su hermano, no por mí ni por Paul, sino para que no llamase la atención el que siempre se la viera con Gerry. Quiere que hagamos una peña de cuatro.

—¿Van a ir los de tercero de bachillerato con nosotros al cursillo de esquí? —preguntó Florián.

—No. Marialuise está muy disgustada por eso... Y ahora dime lo que hiciste en las vacaciones. ¿Aburrido?

—Iba a patinar —dijo Toni—. Su madre se lo ha contado a la mía.

Florián sonrió con malicia.

—No se lo digáis a nadie... No iba a patinar. Iba a modelar... al taller de la señora Lederer. Se me ocurrió de pronto en el tranvía: en lugar de la pista de patinaje, voy a casa de la señora Lederer. Nadie lo sabe. Lo único que podrá hacerme será no admitirme.

—En aquella ocasión estuvo sumamente amable con nosotros —dijo Sabine.

—No habla mucho —dijo Florián—. Pero me permitió ir cuando tuviera tiempo. Estuve cinco tardes trabajando de ceramista. Además, iba de compras para la señora Lederer y eso me lo agradeció mucho. Y mamá estaba convencida de que yo iba a la pista de patinaje.

—¿Qué hacías para disimular? —preguntó Sabine.

—¿Yo? Nada. Me preparaba como para patinar y salía de casa. Y cuando mamá me preguntaba a la vuelta qué tal lo había pasado, yo contestaba: «Muy divertido». Bárbara y Franziska iban a esquiar con papá. Tuve que acompañarlos en dos ocasiones. Pero me gustaba más la cerámica.

Sabine sacudió la cabeza.

—Qué raro que tu madre no se diese cuenta.

—Una vez me preguntó si tenía dinero para la entrada. Entonces casi me delaté. «¿Para qué entrada?», le pregunté. «Para la pista de patinaje», contestó, empezando a desconfiar. Yo le expliqué que solía colarme de rondón para ayudar a mis padres ahorrando dinero... Sabine: a unos padres como los míos no hay más remedio que engañarlos, y eso se hace automáticamente. De otro modo uno no podría vivir. ¿Comprendes?

—Si yo no he dicho nada... —murmuró Sabine—. ¿Sabes ya trabajar con el torno?

—¿Estás loca? El torno es una cosa diabólica. No he conseguido nada hasta ahora, ni siquiera centrar la arcilla. Siempre se me resbala. Pero he fabricado a base de pequeñas láminas una vasija. Y con pequeñas esferas, un frutero.

MAX KERN había hecho buenos propósitos para el nuevo año. Entró con cara alegre en el aula de 8.º A.

—Bien. ¿Habéis vuelto todos sanos? ¿Descansados y con ganas de estudiar? ¿Con apetito de matemáticas y sed de física?

Estaba moreno y algo más delgado. Marialuise fue la primera en notarlo.

—Señor profesor, ha perdido usted muchos kilos...

—¡Bah, bah! —le alegró la observación—. He participado en un cursillo de alta montaña en el Kitzsteinhorn y así se pierde algún kilo...

Abrió la agenda y la hojeó un rato.

—Mayer, prometí darte una oportunidad. Querías mejorar tu suficiente de física. ¿Quieres examinarte enseguida?

—¿Cómo?... ¿Ahora? —preguntó Florián.

—Claro —dijo Kern—. No valen pretextos.

—Bueno —dijo Florián. Le daba igual mejorar el suficiente o no.

—Dime algo... sobre la fuerza centrífuga.

Florián empezó con el movimiento circular y la inercia y él mismo se extrañó de que aún recordase algo. Tuvo que aprenderlo estudiando como un bárbaro en diciembre. «Nunca más —pensó, mientras diseñaba un círculo en la pizarra y dibujaba una tangente—. Nunca más volveré a ser tan estúpido.»

—¿Qué es eso tan bonito? —preguntó Kern.

Florián dibujó una esfera sobre el círculo.

—Si este cuerpo que se mueve en círculo se desprende de pronto, seguirá volando en dirección a la tangente respectiva.

—Correcto, Mayer. ¿Sabes un ejemplo?

—El vuelo del lazo. Y mi hermana pequeña, cuando se la deja ir después de haber fregado los platos.

No hubo modo de que pusiera alguno de los clásicos ejemplos del libro.

—Sé otro ejemplo práctico.

—Me encantan los ejemplos prácticos —dijo Kern.

—Un torno de alfarero —dijo Florián, haciendo un guiño a Sabine—. Si se humedece mucho el disco del torno y se lanza el trozo de arcilla al centro sin precisión, se desliza tanto más velozmente cuanto más se aleja del punto central o del eje de rotación. La fuerza centrífuga es el enemigo natural del ceramista.

Kern sonrió.

—Eso parece tan sencillo en el taller, ¿verdad, Mayer? Bien... Veo que has estudiado la materia. Puedo darte un bien con la conciencia tranquila.

Florián se retiró a su puesto.

Al profesor Kern le llamó la atención la cara de disgusto que le puso Sabine Mitterhöfer. Y también el amigo Staringer. ¿Quizá por haberle examinado en la primera clase? Es verdad que esto no lo solía hacer nunca después de vacaciones, pero Mayer había pedido una oportunidad y era lógico satisfacer su loable ambición.

Florián quiso salir después de la comida y esto no le gustó a su madre.

—Hijo, las vacaciones han terminado. Ya te has divertido bastante. Debes pensar de nuevo en el instituto. Basta con ir a patinar una vez a la semana.

—No voy a patinar. Voy a estudiar inglés.

—¿Con quién?

—Con Sabine.

—Podría venir Sabine a casa. Yo no tengo inconveniente en que vayas a estudiar con otros chicos. Pero también pueden ellos venir algún día aquí.

—Imposible —dijo Florián—. Sabine vendría de buena gana a nuestra casa, pero tú no podrías soportar el modo de estudiar que tiene. Estudia siempre en voz alta y tiene una voz fuerte. Se mueve de un lado a otro. Toni y yo nos hemos habituado ya a Sabine, pero Bárbara...

—Vete, pues —dijo la madre—. Y no olvides el examen de física. El profesor Kern prometió darte una oportunidad en enero.

—Ya me la ha dado.

—¿Hoy mismo? Y lo tenías callado. ¿Qué nota te ha puesto?

—No tengo ni idea.

—Pero algo te habrá dicho.

—Sobre el examen, nada. Pero en el boletín de notas me va a poner un bien.

—¿Así que has estado bien en el examen?

Florián se encogió de hombros.

—Eso es todo lo que sé. ¿Puedo irme?

—Hay que sacarte las cosas con sacacorchos —le dijo ella.

Florián llegó aquella tarde antes de lo ordinario a la conejera de Sabine. Quiso sorprenderla y limpiar las jaulas. Pero Sabine estaba ya allí, sentada en una banqueta y sosteniendo un objeto oscilante y multicolor en las manos.

—¿Qué les das hoy a los conejos? ¿Trapos? —preguntó Florián.

Ella se echó a reír.

—¿No sabes lo que es esto?

Era un muñeco, tocado de un gorro con borla, de frágiles brazos y piernas. Tenía la cara blanca, delicada, un bonito collar y un vestido de seda con rombos lilas y negros. Blancos flecos adornaban su cintura. Le reía el ojo derecho y le lloraba el izquierdo. Era un muñeco muy hermoso, pero muy estropeado.

—¿Tú juegas con este muñeco, Sabine?

—De vez en cuando. Cuando no hay nadie con quien hablar.

—¿Hablar?

—Sí, hablo con él... Hace mucho tiempo que lo tengo. Me lo regaló la abuela de Grossgerlung. Tiene casi tantos años como yo, figúrate... Pero, por favor, sé bueno y no divulgues en clase que hablo con un muñeco. Creerían que estoy loca.

Florián se encogió de hombros.

—También a mí me tomarían por loco si supieran que en casa de la señora Lederer hablo con la arcilla...

—¿Hablas con la arcilla?

—Ya lo creo. «Qué, ¿no quieres? —le digo—. Pues yo quiero que quieras. Ven aquí. No tienes opción. Te vas a convertir en un perro pachón con orejas largas».

—Yo hablo con mi muñeco únicamente cuando estoy sola y siento añoranza de Grossgerlung. Imagino que el muñeco me contesta. «No seas tan infantil —me dice—, el fin de semana podemos viajar a Grossgerlung. A mí también me gusta ir allí».

—¿No te gusta la ciudad?

—Muchas veces estoy sola. Aquí aún no tengo amigas. A veces desea una tener una respuesta cuando habla consigo misma, sin aguardar a que vuelvan los padres... A veces necesito una respuesta inmediata, en el acto.

Se sentaron y estuvieron callados un rato. Luego Florián dijo:

—Me parece superfluo que hables con el muñeco cuando tú..., cuando yo..., cuando nosotros...

Enmudeció. Sabine colocó el muñeco encima de una de las jaulas.

LA MADRE DE FLORIÁN puso empeño en equipar bien a su hijo para el cursillo de esquí. Le compró a precios de rebajas guantes forrados y una gorra como la que llevaba el equipo nacional, según decía la etiqueta.

Le compró además un jersey rojo y calcetines de esquiar, también rojos. Por fortuna, el traje de esquiar no le venía aún demasiado pequeño. Le había costado mucho dinero y había que aprovecharlo.

La madre le puso en la mochilla chocolate y fruta, glucosa y tocino. También un pequeño juego de ajedrez y dos novelas policiacas encuadernadas en rústica.

—Para que pases una semana entretenida —dijo.

Le acompañó al autobús y vio cómo el profesor de gimnasia, Sebastián, separaba cuidadosamente a los chicos de las chicas. Las chicas se sentaron a la derecha del pasillo central, los chicos a la izquierda. La señora Staringer besó a Toni en las dos mejillas. La señora Mitterhöfer saludó con la mano a Sabine, que ya estaba sentada en el autobús, y preguntó a la señora Staringer dónde había comprado la bonita gorra de Toni.

—Se la hice yo —dijo la señora Staringer.

Allí se conocieron la madre de Sabine y la madre de Florián.

—¿Espera usted hasta que parta el autobús? —preguntó la señora Mitterhöfer—. Yo no puedo esperar porque debo ir enseguida a la consulta.

Saludó de nuevo a su hija y se fue hacia el coche.

—Yo me quedo —dijo la madre de Florián a la señora Staringer—. Ésta es la ventaja de no ejercer una profesión. Se tiene tiempo para los hijos.

Saludaron las dos juntas cuando partió el autobús. La señora Staringer lanzó tres besos:

—Mua, mua, mua, y feliz viaje. Voy a estar temblando toda la semana hasta que vuelvan.

SABINE NO PARÓ hasta conseguir que Sebastián le permitiera esquiar con el grupo uno. Esquiaba bien, pero no con tanto estilo como Florián. Al término de la primera jornada se sintió exhausta como nunca. El segundo día recibió los elogios de Sebastián:

—Ya haces mejor el salto con las piernas encogidas, chica.

El tercer día Sabine quiso desviarse porque Toni, farolillo rojo del grupo tres, se había caído delante de ella: Sabine fue a dar contra un montón de nieve al borde de la pista. Los esquís se quedaron empotrados en la nieve. A Sabine se le soltaron las fijaciones y salió despedida hacia adelante, cayó de espaldas y se golpeó fuertemente el hombro derecho. Florián fue hasta ella y la ayudó a levantarse.

—Ya te dije que no esquiaras detrás de Toni.

Sabine se frotó el hombro.

—Fue una cosa tonta.

—¿Te ha pasado algo?

—No..., pero creo que... el pie derecho...

A los tres pasos se sentó en la nieve. Florián hizo señas a Marialuise y la envió a buscar a Sebastián para que pidiese ayuda médica. Sabine tenía la cara pálida y mechones de pelo pegados a la frente. Se mordía los labios.

—¿Mucho dolor, Sabine?

—Se puede aguantar.

Toni se había levantado y bajó a marcha lenta. Miró horrorizado a Sabine.

—Me apuré al notar que llegaban los del equipo uno...

—Son cosas que pasan —dijo Sabine, castañeteándole los dientes—. Fue una cosa tonta, tonta. Ahí viene ya el trineo... Oye, Florián.

Le hizo señas y le susurró al oído:

—Debes hacer algo por mí. Saca el muñeco de mi mochila y guárdamelo.

—¿El muñeco? —musitó Florián—. ¿Lo tienes aquí?

—En la mochila. No quiero que nadie lo descubra si mira mis cosas. ¿Me prometes...?

«Ahora se preocupa del muñeco», pensó Florián sacudiendo la cabeza. Pero luego dijo:

—Descuida.

Toni sacó del bolsillo de su traje de esquiar tres tabletas de chocolate, una salchicha mordida y dos trozos de queso duro, y se los dio a Sabine.

—Por si tienes que esperar mucho tiempo a que te escayolen.

—¿Escayolarme? Vaya modo de darme ánimos —murmuró Sabine, pero le cogió el chocolate.

Toni y Florián vieron sin decir palabra cómo colocaban a Sabine en el trineo de socorro y se la llevaban.

Sebastián notificó en la comida que Sabine se había fracturado el tobillo derecho y estaba en el hospital.

—Se lo he comunicado a su padre. Ahora iré al hospital para verla. El que quiera mandarle galletas o novelas, puede entregármelas. Y necesita la bolsa de aseo y su mochila...

A Florián le faltó tiempo para lanzarse escaleras arriba. Habitación número ocho. La encontró vacía, gracias a Dios, porque todos estaban comiendo. Florián reconoció la mochila de Sabine por las iniciales SM bellamente bordadas en el bolsillo exterior y sacó el muñeco de seda. Dobló sus débiles brazos y piernas haciendo un ovillo y se lo guardó debajo del jersey.

—Mayer, ¿qué buscas en un dormitorio de chicas? —Sebastián estaba a la puerta y Marialuise junto a él.

—Me he confundido de planta.

Marialuise recogió la bolsa de aseo y un pañuelo de la mochila de Sabine, sin perder de vista a Florián.

—¿Tienes dolor de vientre, Florián? Parece que andas encogido.

—Mayer, ¿estás mal?

—No..., sí..., tengo que... enseguida...

Con las manos pegadas al vientre, Florián huyó al pasillo y de allí a su habitación.

Con la mayor rapidez que pudo, guardó el muñeco en la parte inferior de su mochila, debajo de los calcetines de repuesto.

El cursillo de esquí sin Sabine había perdido la mitad del aliciente.

CUANDO LLEGÓ A CASA, Florián intentó ocultar el muñeco a las miradas de sus padres y hermanas.

«Ahora se ve cómo soy el último mono de la familia», pensó.

No tenía en toda la casa un sitio donde guardar lo que sólo a él le pertenecía. El único cajón con llave de su escritorio era demasiado pequeño para un muñeco. Florián lo guardó debajo del edredón y la madre se alegró al ver que su hijo se decidía a hacer la cama por primera vez. Más tarde Florián consideró demasiado inseguro aquel escondite y ocultó el muñeco debajo de las *Obras completas* de Goethe, en el baúl de los libros. La segunda noche telefoneó a casa de la familia Mitterhöfer y preguntó por la fecha en que Sabine abandonaría el hospital para volver a casa.

—Dentro de tres días —dijo la madre de Sabine—. Entonces le pondrán una escayola articulada que le permita andar. No va a hacer el examen de matemáticas. Le diré que la has llamado. Mira, Burli está muy triste. Apenas parlotea, porque le falta Sabine.

—Lo comprendo —dijo Florián—. ¿Podré visitarla cuando regrese?

—Naturalmente —dijo la madre de Sabine.

Aquella noche, Florián habló en la cama con el muñeco que guardaba en el baúl de los libros.

—Dentro de tres días te dejaré en libertad.

—Sabine te quedará agradecida por haberme guardado tan bien —contestó el muñeco con la voz de Florián—. Le diré que puede confiar en ti.

—¿Y qué más le vas a decir?

—Que te acuerdas del elefante que se sostiene sobre la trompa.

En el examen de matemáticas Florián sacó un insuficiente, pero no le preocupó porque aquel semestre ya había sacado un bien. Sacaría un suficiente de nota media.

—Además, en mi certificado hay sólo un suficiente —dijo Florián a su madre—. Algunos del curso tienen hasta cinco suficientes.

—A mí no me interesa lo que tengan o dejen de tener otros —dijo la madre—. Estoy disgustada porque sé que no estudiaste para este examen. No lo trabajaste previamente.

—Es un irresponsable —dijo el padre—. Inconstante. Si nadie le presiona, no hace nada.

—¿Ya escuchas cuando te hablan? —preguntó la madre.

—Debo ir a una clase —contestó Florián—. A llevar los cuadernos a Sabine.

Salió, y la madre le dijo al padre:

—Una tiene la impresión de hablarle a una pared. No nos escucha realmente y piensa en cosas completamente distintas.

Sabine yacía en su habitación sobre un diván y apoyaba la pierna escayolada sobre una almohada. Sonrió al ver entrar a Florián.

—¡Al fin!

Florián agitó el muñeco en su mano.

Sabine miró a Florián y no al muñeco.

—Aquí lo tienes de nuevo, aunque ligeramente estrujado —dijo Florián, colocando el muñeco sobre su pierna escayolada.

—Gracias —dijo Sabine—. Déjalo ahí, encima del estante.

—Sabine, ¿volverás a hablar con él?

Ella se limitó a sonreír.

—¿Hablarás con él, Sabine?

Se inclinó sobre ella, le tocó con el dedo índice la

punta de la nariz y la miró fijamente. Tenía realmente unos puntitos de color pardo en los ojos, unos puntitos diminutos. De pronto la olisqueó y se echó a reír.

—Hueles a manzanas frescas —dijo muy serio a la sorprendida Sabine—. Por fin sé a qué hueles.

11

—¿QUÉ estás haciendo con mi vieja chaqueta? —preguntó el padre—. Por favor, no la remiendes más. Puedes tirarla.

—La va a llevar Florián en la fiesta de carnaval —dijo la madre suspirando.

La madre cosía remiendos rojos y azules con hilo azul, dando grandes puntadas.

—Va a actuar de payaso. Toni va también de payaso. Su madre le está haciendo un traje de punto desde hace días. Payaso, eso es característico de Florián. Primero la semana libre, en que estuvo patinando sin parar y, ahora, la fiesta de carnaval. Empalma una fiesta con otra. No me extraña que su cabeza no se centre en el estudio.

—¡QUÉ LATA con esta fiesta de carnaval! —dijo Brigitte Kratochwil a su amiga—. Un tema en el que siempre disentimos Max y yo. Él está horrorizado porque yo quiero disfrazarme. Lo encuentra pueril. Pero si me invita octavo A a una fiesta de disfraces...

—¿De qué vas a ir? —preguntó la amiga.

—De payaso —dijo Brigitte—. Con zapatones y tres borlas por botones.

—Eso le va a molestar... Una profesora de payaso.

—Aún no he dicho nada a nadie que voy a ir de payaso... Mira, él se muestra a menudo en la clase... un tanto... envarado... o inhibido... aunque ya ha mejorado. Puede divertirse mucho... no siendo en la clase.

—UN CARNAVAL con la pierna escayolada —dijo Sabine a su madre—. Era lo que me faltaba: andar como un payaso.

—Podrías ir de veterinario al que ha pisado un elefante —propuso la madre—. Y diagnosticar a tus compañeros: «Este dogo está demasiado gordo. Este pobre patito necesita mejor alimentación. Este novillo no necesita absolutamente nada...».

—Y si estoy de vena, decir al profesor Kern: «Este pavo está un poco resfriado. Viene de esquiar en la nieve...».

—Hija, creo que voy a hacerte un traje de payaso —dijo la madre.

—¡ESTE CARNAVAL!... —suspiró Max Kern—. Mamá, te voy a enseñar un truco de hipnosis. Cierre usted los ojos, señora: con más fuerza... Muy bien. Usted siente esta esfera de papel de estaño sobre el dorso de sus manos; la esfera se calienta, cada vez más, la esfera...

—¡Ay! —exclamó su madre.

—¿Ves? Esto funciona —dijo—. ¿Sabes lo que me fastidia un poco? Creo que Brigitte quiere disfrazarse.

—De payaso probablemente —dijo ella—. Apuesto a que va de payaso. A las chicas bonitas y presumidas les gusta ir de payaso.

—Quiso convencerme para que yo también me disfrazara —dijo Kern—. Pero a mí me parece que todo tiene sus límites. En un carnaval privado yo iría quizá de profesor distraído, con calva y gafas de níquel; llevaría un pañuelo a cuadros alrededor del cuello y me sonaría la nariz con una corbata... Pero en el colegio...

—Lástima —dijo la madre—. Yo podría hacerte un sombrero de mago con dibujos dorados sobre fondo negro.

Kern se paseó de un lado a otro, se miró en el espejo barroco de la pared y reflexionó.

Al fin dijo:

—Pero una persona decente...

—POR FIN, FLORIÁN —dijo su madre al anochecer—. Es hora de cenar. ¿Qué tal la fiesta?

—Extra —dijo Florián—. Éramos diecisiete payasos, incluida Brigitte Kratochwil.

—CUENTA, BRIGITTE —dijo su amiga—. ¿Qué ha dicho sobre tu disfraz? ¿Se ha desmayado?

—No, cosa rara —contó Brigitte—. ¿Sabes lo que ha dicho? «A las chicas bonitas y presumidas les gusta ir de payaso». Él llevaba sólo un sombrero de mago, pero yo le he mostrado mi admiración, diciéndole que siempre le había encontrado encantador y que al fin comprendía el porqué... Pero a medida que transcurría la tarde, se ha vuelto más y más callado y así ha permanecido hasta el final.

—BIEN, SABINE, estás sofocada. ¿Te has divertido? —preguntó la madre.

—Mucho —dijo Sabine—. Y han asistido todos los profesores que habíamos invitado: Weidwiedl con treinta y cinco churros como alimento espiritual y la profesora de inglés con un cubo de ensalada de fruta. Florián fue el payaso más divertido. Anduvo sobre las manos, dio volteretas y dijo a la profesora de inglés: «Tome una hoja, dóblela con cuidado y escriba: "Yo he hecho sólo un cubo de ensalada y no tres. Firma del padre..."». ¿Y sabes por qué estuvo tan divertido? Divertido es poco decir: estuvo sensacional. Porque ha conseguido hacer su primera pieza en el torno de la señora Lederer. Una vasija de las «buenas», dice él... Burli, estáte callado, que ahora voy... Marialuise iba de odalisca, y el profesor de religión la miró horrorizado y le preguntó: «Pobre chica, ¿tienes mucho frío?».

—Uf —gritó Burli.

LA SEÑORA KERN estaba tomando el té cuando llegó a casa su hijo.

—No me preguntes nada —gruñó éste—. Así son las fiestas de carnaval. Y el padre Mader ha hecho magia, figúrate. Con cartas. Y de qué manera. ¡Como un profesional! Esto me parece de mal gusto en él. Podía habérmelo dicho.

LA MADRE DE FLORIÁN estaba contenta de que hubiera pasado el carnaval. Bárbara y Franziska celebraron la fiesta en casa; cada una invitó a nueve amigos y amigas como mínimo. La madre recogió las serpentinas de papel colgadas de la araña de la sala de estar, cepilló el tresillo y pasó la aspiradora. Se alegró porque se iniciaba una semana tranquila, con horarios regulares de comidas y estudio. Rebozó el pescado del miércoles de ceniza, y pensó: «Por la tarde me acostaré media hora».

—MAMÁ —gritó Bárbara—. Levántate enseguida y ven a la cocina. Florián me ha quitado el tocadiscos y quiere modelar sobre él.

La madre dejó la cama y se fue a la cocina. El tocadiscos estaba sobre la mesa, cubierto con una hoja metálica, y en su centro se veía una masa de arcilla. Florián la arropaba con las dos manos al mismo tiempo que decía:

—Conecta, Franziska.

La madre desconectó el tocadiscos.

—Te has vuelto loco —gritó—. ¡Estropear el tocadiscos de Bárbara!

Arrojó la arcilla junto con la hoja metálica al cubo de la basura.

—De ahora en adelante no vas a hacer más chapuzas en casa, ni con escayola ni con arcilla ni con nada. ¿Entendido?

Franziska se retiró al cuarto de los chicos. Bárbara rompió a llorar.

—Estúpida, nada se ha estropeado —dijo Florián—. Sólo he tenido que sacar la clavija del centro.

Bárbara seguía lloriqueando durante la cena. Tuvo que

esforzarse mucho, porque aquello era un sollozo seco, sin lágrimas.

—No dejan hacer nada —dijo Florián al día siguiente a Sabine—. Nada de lo que a uno le gusta. Sólo estudiar.

Le explicó su intento de modelar sobre el tocadiscos.

—No puedo ir con la frecuencia que quisiera a casa de la señora Lederer; me cuesta tres cuartos de hora de tranvía.

—Puedes trabajar en nuestra conejera —dijo Sabine—. En el lavadero hay una mesa vieja; podemos traerla. Hay luz y agua; sólo falta el torno. ¿Es muy caro?

—¿El torno eléctrico? ¡Prohibitivo! El más barato, diez mil chelines; así consta en el libro de cerámica.

—Lástima que uno no pueda hacer experimentos por su cuenta —se lamentó Sabine.

—Hum... —dijo Florián—. ¿Crees que tus padres tendrán inconveniente en que yo os manche la conejera?

—Las manchas se pueden limpiar, según un refrán de mi madre —contestó Sabine—. Pero para tu tranquilidad puedo preguntar a mis padres.

Los padres de Sabine no tuvieron inconveniente.

—Abrigaos bien si vais a permanecer mucho tiempo ahí abajo.

Toni ayudó a Florián a subir la mesa vieja del lavadero. Encontraron tablas en la bodega e hicieron unos estantes. Sabine llevó cubos y palanganas para agua, barbotina y una caja para la arcilla.

—¡El taller está listo!

Florián había comprado arcilla en una tienda de bricolaje.

—Podéis subir ya a estudiar latín —dijo a Sabine y a Toni—. Yo iré más tarde.

Colocó en la mesa un pequeño tablero de sujeción como base de trabajo, cortó con un alambre una rodaja del bloque de arcilla y empezó a amasar. Golpeó y amasó la arcilla durante diez minutos con arreglo a los cánones. La primera esfera que formó no era mayor que una pelota de pimpón. La cogió con la mano izquierda, practicó un orificio con el pulgar derecho e hizo girar la esfera en la concavidad de las manos. Surgió una masa aplastada en la que Florián fue abriendo un hueco entre el pulgar y los otros dedos hacia arriba y hacia fuera. Florián dejó escapar un suspiro y colocó el plato sobre la mesa. Era una buena señal que la primera pieza hubiera salido bien. No quiso tentar más a la fortuna. Envolvió el resto de la arcilla en una hoja metálica, se lavó las manos y limpió la mesa. En compensación de aquel primer plato maravilloso, se fue contento a aprender palabras con Sabine y Toni.

Cuando los padres de Sabine echaron una ojeada por la noche, encontraron un taller limpio, conejos mordisqueando zanahorias pacíficamente y un plato pequeño sobre un largo estante. Arriba, en la habitación, había tres alumnos estudiando.

—¡A-Che-I-uf! —chilló la cotorra.

LA MADRE DE FLORIÁN coincidió con la señora Staringer en el mercado.

—Me alegro de encontrarla, señora Staringer. Hace tiempo que deseaba preguntarle algo. ¿No le preocupa que nuestros hijos pasen tanto tiempo en casa de Sabine? Allí están sin vigilancia. Los perdemos de vista totalmente.

—A mí no me preocupa, señora Mayer; todo lo contrario. Yo no puedo ayudar a Toni cuando tiene dudas en sus asignaturas. Por eso, a veces le compadecía. Ahora consulta a Sabine o a Florián, hace las tareas de casa y puede desayunar tranquilamente. Antes andaba a la caza de alguien para copiar las frases y los ejemplos.

—Ahora los chicos copian de Sabine, ¿no?

—No, eso no; se limitan a comparar. Y Sabine es una chica amable; ha estado en mi casa una o dos veces tomando algo y la he observado. ¡Una chica amable!

—¿Entonces usted no tiene intención de prohibir a Toni el ir tantas veces a la Weintraubengasse? Pues, si es así, yo tampoco puedo prohibírselo a Florián. Pero me preocupa.

EL PROFESOR KERN se disgustó porque el alumno Mayer volvía a estar distraído.

—Enséñame el cuaderno de ejercicios.

Florián le entregó el cuaderno y Kern echó una ojeada.

—¿Qué significa esto? ¿Qué extrañas construcciones son éstas?

—Esto..., esto muestra cómo se transmite la fuerza, desde una rueda dispuesta verticalmente, a un torno situado en posición horizontal —dijo Florián.

—Deja inmediatamente esos ejercicios y ocúpate de la materia que explico —dijo Kern. Luego echó de nuevo una ojeada a los dibujos de Florián—. ¿Qué hay ahí? ¿Correas trapezoidales? Qué absurdo. Eso tiene que ser una correa redonda. Y ahora siéntate y a ver si empiezas a trabajar.

Florián se pasó tres tardes ocupado en dibujo y cálculo. Acudió a chatarrerías y a un vendedor de coches usados y estuvo haciendo cálculos otras tres tardes más. Llegó a desesperarse; golpeó con los puños el escritorio y gritó:

—¡No sale! ¡No sale!

Su madre le llevó una taza de té con glucosa y le dijo:

—Esfuérzate y haz tus cálculos despacio. Enfurecerse no conduce a nada.

—¿Dónde dejaste el viejo bastidor metálico del árbol de Navidad? —le preguntó Florián—. ¿El de tres patas? ¿Y aún guardas aquella vieja máquina de coser de la abuela? ¿La del volante y la correa?

—Aún están en la bodega —dijo la madre—. ¿Para qué los necesitas?

—Para entender mejor un ensayo de mecánica —dijo Florián.

La madre miró hacia el escritorio y sacudió la cabeza. Florián había emborronado ocho páginas con esbozos y cálculos. A ella le llamaron la atención las unidades con las que hacía los cálculos. Eran monedas.

—AL FIN LO TENGO —dijo Florián a Toni y a Sabine, agitando dos hojas. En una había un dibujo y en otra había escrito una larga lista—. Mirad esto. Es el primer torno de alfarero del mundo accionado por una bicicleta.

—¿Y eso funciona? —preguntó Toni.

—Si vosotros me ayudáis, sí.

Les explicó la construcción: desde una bicicleta con cambio exterior, una correa redonda que estaba colocada entre la marcha tercera y la cuarta accionaba una polea horizontal. En el punto central de la polea había un tubo metálico en cuyo extremo se enroscaba el bastidor del árbol de Navidad con las patas hacia arriba. Un disco de madera estaba sujeto a las patas del bastidor. El tubo metálico se hallaba alojado, en posición móvil, en el armazón de una sombrilla.

—¿Os imagináis el artilugio? —dijo Florián—. Este pedestal de cemento es lo bastante pesado para que mi tinglado no se caiga. Las otras piezas debo buscarlas en chatarrerías.

—En la esquina de nuestra calle hay un chatarrero llamado Vanderbill —dijo Sabine—. Se porta bien con nosotros porque mi padre curó a su gato. Podemos acudir a él.

—El dueño del restaurante de nuestra calle tiene durante el verano sombrillas en su jardín —dijo Toni—. Podemos pedirle un armazón.

Se procuraron primero el armazón y luego fueron a la chatarrería del señor Vanderbill. Estuvieron los tres toda la tarde rebuscando, pero no encontraron ningún disco que encajase en el tubo que se ajustaba al armazón.

—Encargad un pequeño disco de madera —dijo el señor Vanderbill—, practicad alrededor la muesca para la correa y sujetad el disco con una pinza para tubos de goma. Sólo cuesta unos chelines.

El entallado de la muesca para la correa en el disco de madera supuso un trabajo terrible. Se turnaron, y hasta Sabine intentó raspar. Los conejos se movían inquietos en sus jaulas.

Al fin sujetaron los dos discos: el superior, de tamaño grande, y el inferior, de tamaño pequeño. Florián engrasó el extremo inferior del tubo y lo encajó en el armazón de la sombrilla.

—Mirad, está girando, está girando —gritó Florián—. No se cae. ¡Gira!

Dio una palmada a Toni en el hombro.

—Mañana traes tu bicicleta y la cosa marchará. La correa ya la tengo.

—¿Mi bici? —preguntó Toni.

—Tiene un cambio de marcha exterior, ¿no?

—Cinco cambios —gruñó Toni.

—¡Estupendo! Entonces mañana inauguramos el torno

de alfarero —dijo Sabine—. Con toda solemnidad, con bocadillo y ponche de té.

—De acuerdo —dijo Toni—. Pero no te preocupes demasiado por la merienda, con tal de que haya pan en abundancia...

Aquella noche Florián durmió mal por la emoción y a la mañana siguiente tenía los ojos cargados de sueño. Bostezaba continuamente en clase, llamó la atención de Max Kern y se equivocó en el cálculo de la duración de las oscilaciones de un péndulo. Hasta el viejo Weidwiedl se dio cuenta.

—Mayer, no haces más que bostezar. Yo me estoy esforzando por dividir la materia del examen de alemán en pequeñas preguntas para facilitaros el estudio y tú estás ahí sin escribir nada.

Florián no se despertó del todo hasta la tarde, en la conejera de Sabine. Toni había acumulado ladrillos para levantar su bicicleta. Florián le pidió que conectase la primera marcha; luego colocó la correa de la máquina de coser entre las ruedas centrales del cambio y en la ranura del pequeño disco móvil de madera.

—Ya —dijo—. Toni, ¡pedalea despacio y en primera!

Toni se sentó en la bicicleta y pedaleó. Comenzó a girar el disco, humedecido con agua y arrastrando un trozo de arcilla en el centro.

Sabine levantó la máquina fotográfica y dijo:

—Toni, mira de frente. Florián, rodea a Toni con el brazo. Sonreíd los dos, por favor.

Siguió el fogonazo.

—Yo no veo nada si tengo que mirar de frente —gruñó Toni.

—Colócate mirando al torno, Toni; y sube tú, Florián —ordenó Sabine, y disparó por segunda vez.

—Magnífico —dijo Toni—. ¡El disco gira! ¡Quién lo hubiera soñado!

—Queridos amigos y colaboradores. Querida representante de la prensa. Respetables conejos —gritó Florián—. En este momento se pone en marcha nuestro torno de cerámica.

Comieron los bocadillos y tomaron el ponche con té. Florián preguntó a Toni cuándo debía estar en casa.

—Al anochecer —dijo Toni.

—Estupendo. Entonces todo irá bien.

Toni se montó en la bicicleta, y cuando Florián gritó «ya», comenzó a pedalear. Miraba hacia atrás continuamente para ver cómo iba naciendo la pieza de Florián.

—¡Pedaleo uniforme, Toni! —dijo Florián—. ¡Muy uniforme!

Sabine estaba junto a Florián, entusiasmada.

—Qué bien marcha. Ah, ahora se ahueca. Florián, esto es increíble.

—¿Qué es increíble? —preguntó Toni.

—Cómo se perfila el plato —dijo Sabine.

—Voy a apearme para mirar —dijo Toni—. Sólo un instante.

—No —gritó Florián—. ¡Ahora no! Estoy haciendo el borde.

Toni siguió pedaleando. Probablemente era difícil hacer un borde, pues Florián necesitó mucho tiempo. Toni empezó a sudar. Buscó un pañuelo y no lo encontró.

—Marcha más uniforme —dijo Florián—. Termino enseguida. Así. Ahora un poco más lento. Basta.

Toni se apeó de la bici y se lavó la cara. Luego contempló el plato.

—Más bello que nuestras piezas de aprendices, ¿verdad?

Sabine le sirvió a Toni un té, mientras Florián separaba el plato del disco con un alambre. Lo puso con cuidado sobre la mesa.

—Será para ti, una vez que esté cocido, Toni.

—Lleno de caramelos —dijo Sabine.

Florián limpió el disco y amasó un nuevo trozo de arcilla.

—¿Otro? —preguntó Toni.

—Con tu venia.

—¿No podría pedalear esta vez Sabine?

—¿Yo, con mi escayola?

—Disculpa, me había olvidado —gruñó Toni, y se montó de nuevo en la bicicleta. Pedaleó largo rato, pues Florián quería hacer un plato con el borde hacia dentro, que se le resistió mucho.

Florián increpó al trozo de arcilla.

—Qué, ¿no quieres? ¡Pues aguarda! Te voy a golpear hasta sacar de ti una buena pieza. ¡Ajá! Ahora va bien. Mira, Sabine, ¿no te parece bello este borde?

Toni empezó a gruñir, primero en voz baja, luego levantando el tono.

—¡Trabajo de esclavos! ¡Trabajo de esclavos! Y sin poder mirar atrás una sola vez. Todo ocurre a mi espalda. ¿Qué os creéis?

—¿Qué murmuras, Toni? —preguntó Sabine.

—Déjale que gruña —dijo Florián—. Un motor debe gruñir. Bravo, Toni, ahora pedalea muy uniforme.

En aquel momento, Toni se apeó de la bici y gritó:

—Yo no soy ningún motor; tampoco soy un tonto que quiera pedalear horas y horas sin moverse del sitio. Búscate a algún otro para este trabajo de esclavos. ¡Yo me voy!

Soltó la correa de las ruedas, cogió la bici y se fue. Sabine corrió tras él cojeando, pero él no quiso escuchar.

—¿Tú crees que era demasiado para él? —preguntó Florián.

Sabine suspiró.

—Florián, creo que este trabajo no se lo puedes exigir a nadie, ni a tu mejor amigo, sobre todo si es gordo y tiene que esforzarse tanto.

Florián puso cara triste.

—Tendrás razón, pero esto no funciona sin la bicicleta. Para un accionamiento a pedal la pieza giratoria tendría que ser mucho más pesada y más grande.

Florián marchó a casa de mal humor. Tenía dos problemas pendientes: debía reconciliarse con Toni y encontrar otro modo de accionar el disco.

Toni se reconcilió pronto. Florián sólo necesitó darle una palmada en el hombro y preguntarle:

—¿Aún estás enfadado conmigo?

—No —gruñó Toni—. Pero no pedaleo más para ti.

—Tampoco es necesario —dijo Florián—. Encontraré una solución.

No encontró ninguna, por más vueltas que le dio al asunto.

BÁRBARA fue a coger la calculadora del escritorio de Florián y encontró allí un cuaderno con el título de «Cerámica». Se lo enseñó a su madre.

—Mira, Florián tiene tiempo para esto. Hay párrafos de un libro. Y dibujos de cosas sin importancia.

—Deja ese cuaderno en su sitio —dijo su madre.

Pero en el fin de semana la madre de Florián le dijo a su esposo:

—Si supieras la importancia que se da hoy en día a estas tareas ridículas... Dibujo, artesanía, ejercicios de física...

12

FLORIÁN se cercioró de que su madre estaba en el cuarto de los chicos ayudando a Bárbara en sus tareas escolares. Fue a la cocina y abrió todos los cajones hasta que encontró el rodillo.

Lo guardó en la cartera junto con los cuadernos de matemáticas. Pensaba ir a casa de Sabine para decorar planchas de arcilla y hacer ejercicios para el examen. Cuando Florián iba a salir a la calle, Franziska fue tras él. Le enseñó una flor, una campanilla de invierno, rogándole:

—Dibújame esto en mi cuaderno. Pero con un bulbo debajo y que sea bonito.

Florián suspiró, siguió a Franziska hasta el cuarto de los chicos, se sentó a la mesa y empezó a dibujar.

—Gracias —dijo Franziska, retirando el cuaderno y poniendo ante él una hoja en blanco—. Y me vas a hacer otra campanilla de invierno con un bulbo también.

—¿Por qué dos?

—Para dar una a Evi. Ella puede pegar el dibujo en su cuaderno.

Evi era amiga de Franziska.

Bárbara levantó la vista y dijo:

—¿Evi? Que dibuje la flor ella misma. Te basta con una.

También la madre levantó la vista.

—No entretengáis a Florián si quiere ir a estudiar.

Franziska arqueó el labio inferior, primer aviso de llanto. Florián vio que ella ya había preparado otra hoja de papel. Dibujó la segunda campanilla. Franziska se quedó entusiasmada y Florián le dibujó una tercera flor.

—Ésta se la voy a regalar a Rudi —susurró Franziska—. No sabe dibujar y no tiene a nadie que le ayude.

—Si quieres, un día te llevo a ver los conejos —dijo Florián de pronto—. A Sabine le parecerá bien.

Franziska se alegró mucho.

—Ven a buscarme una tarde después de la clase de piano; entonces podremos ir.

Florián se lo prometió, cogió la campanilla de invierno que le acababa de regalar su hermana, sacó la lengua a Bárbara y salió.

En el camino, al pasar por el parque, cortó una rama de forsicia. Haciendo presión con la planta sobre la blanda arcilla, resultaría quizá un bello dibujo. Florián quería hacer azulejos que pudieran emplearse como posavasos.

En el patio de Sabine no se notaba aún la proximidad de la primavera. Sólo el castaño mostraba ya capullos reventones y las ventanas de la conejera estaban abiertas. Sabine había colocado junto a la puerta cajas llenas de tierra y plantado en ellas bulbos de flores. Florián se puso en cuclillas y descubrió los primeros brotes verdes, pequeñas promesas de crocos y de campanillas azules.

—Ya brotan —le dijo a Sabine, que limpiaba las jaulas.

Sabine asintió con la cabeza.

—Pero en Grossgerlung florecen las prímulas en el jardín. Durante el fin de semana estuvimos en casa de la abuela. Había nidos debajo de cada arbusto. Cogí flores de sauce a orillas del río.

Le señaló un florero en el alféizar de la ventana.

—Para que los conejos huelan la primavera.

—Dame un ramo —dijo Florián—. Me viene muy bien porque hoy voy a ensayar un relieve.

—Hoy haremos ejercicios de elipses y parábolas —dijo Sabine—. Y de superficies y ecuaciones.

—Pero no ahora —dijo Florián.

Amasó un trozo de arcilla y lo aplastó de modo uniforme con el rodillo. Cortó con un cuchillo placas del tamaño de azulejos e imprimió dibujos: triángulos y círculos, líneas onduladas, campanillas de invierno y flores de sauce. Antes de imprimir los ramos, los miró atentamente y los despojó de algunas flores.

—Voy arriba —dijo Sabine—. ¿Vas a subir pronto?

—Pronto —dijo Florián.

—El profesor Kern nos dio un montón de ejercicios —le recordó Sabine.

—Yo no los hago todos —dijo Florián—. En superficie y volumen hay que aplicar sólo las fórmulas, y eso sabemos hacerlo. Las elipses se me atragantan. Y las ecuaciones...

—se encogió de hombros—. Si no puedo resolver las ecuaciones en el examen, siempre me quedan otros tres ejemplos, y no necesito sacar más que un suficiente.

Imprimió cuidadosamente las flores de forsicia en la arcilla.

Estos trabajos deben hacerse sin prisas.

Se alegró al ver las delicadas huellas.

—Mira, Sabine.

Como ella no contestó, Florián se volvió. Sabine se había marchado ya, sin notarlo él.

—EL QUE LO HAYA TRABAJADO saldrá airoso en este examen —dijo el profesor Kern.

Florián miró de reojo el cuaderno de Sabine. Ella estaba resolviendo ya el tercer ejemplo y él seguía con el primero. ¿Sería que el grupo B era más fácil?

Florián tachó dos divisiones y empezó de nuevo. Le desconcertaban las comas en la división. Tampoco podía imaginar una pirámide de tan poca altura y tan enorme base. Comparó los números de su cálculo con los del tema y descubrió que con la prisa había copiado mal el volumen. Aplicó el número correcto a la fórmula y empezó por tercera vez. Luego, rápidamente, la superficie de las esferas. La ecuación...

La ecuación era difícil. Al fin logró plantearla.

—Faltan cinco minutos —dijo Kern.

Florián se estremeció, renunció a la ecuación y dibujó la elipse. Kern le quitó el cuaderno antes de que pudiera marcar los focos.

—Bueno —dijo Florián a Sabine—, la elipse está bien; además, he resuelto un ejemplo completo y puedo sumar puntos en los otros ejemplos.

La devolución de los trabajos corregidos constituía siempre todo un ceremonial. El profesor Kern leía las notas, comenzando por los sobresalientes. Sabine sacó sobresaliente, con sorpresa por su parte; Marialuise, bien, y vertió alguna lágrima. Toni sacó suficiente, para alegría suya. Florián, insuficiente.

No lo podía creer. Cuando abrió su cuaderno, vio las correcciones hechas con tinta roja a su elipse. «Inexacto.

Falta la denominación», había señalado Kern. En la pirámide y en la esfera, Florián había hecho mal el cálculo; en la pirámide sólo se había equivocado al final. La ecuación estaba incompleta, pero el planteamiento era correcto.

Florián contó los puntos.

Suponiendo que el profesor Kern diera por buena la elipse, el cómputo de puntos daba un suficiente.

Para ser una elipse hecha en cinco minutos, no dejaba de ser una elipse bien bonita.

Florián se quejó.

El profesor Kern hizo gala de aquel semblante típico en él que significaba «ved-qué-paciencia-tengo».

—Chico —dijo—, la ley de Educación me obliga a juzgar no sólo los buenos planteamientos, sino también la exactitud. Debes acostumbrarte a ser más exacto. El día de mañana me estarás agradecido por haberte enseñado a ser exacto. ¿Tú qué quieres ser el día de mañana?

—Director de orquesta —contestó Florián de malos modos. ¿Qué le importaba a Kern lo que él quería ser?

—Bien —dijo Kern, con la misma paciencia—. Si eres un mal director de orquesta, pronto te pasarán un aviso los superiores. Tendrás que trabajar con exactitud en cualquier profesión que escojas. Como ceramista, por ejemplo —hizo una pequeña pausa, y Florián contuvo el aliento—. En cerámica, oficio para el que estás dotado, según se dice, necesitas trabajar con especial exactitud si no quieres exponerte a que te estallen las ánforas en el horno. Debes trabajar con una precisión escrupulosa al calcular y al mezclar los esmaltes. Y recuerda —aquí su voz perdió el tono de sermón y se hizo más viva—, recuerda, Mayer, la historia que oíste una vez en el taller sobre el pitorro de la tetera: cómo lograr que no gotee. Si uno trabaja en eso con inexactitud... —devolvió el cuaderno a Florián y dijo para concluir—: El próximo examen debe estar correcto. De ti depende.

«A ti no te interesa lo que yo quiero ser —pensó Florián—. Quieres amargarme todo: el curso de esquí, el colegio y... Aún no quiero pensar en lo que quiero ser. Es demasiado pronto. No te metas en mi vida personal.»

—Kern es vulgar —dijo Florián a Toni de regreso a casa.

—Sí —dijo Toni—. Mi elipse no estaba mejor que la tuya.

—No lo digo por la elipse —dijo Florián.

—¿Por qué, entonces?

No se lo pudo explicar a Toni. La cosa tenía que ver con la cerámica, pero Florián no encontró las palabras justas.

—DESDE AHORA no te daré la paga de la semana —dijo el padre—. Y recibirás clases particulares. No hay más remedio.

La madre fue al colegio y preguntó al profesor Kern si podía recomendarle un profesor particular para Florián. ¿Quizá un alumno del grado superior?

—Su hijo no necesita clases particulares —dijo Kern—. Comprende todo, y si algo no comprende puede preguntármelo. Lo que le falta es trabajo y exactitud, ganas de aprender y aplicación. No toma la asignatura lo bastante en serio. Quizá se vuelva más sensato después de este segundo insuficiente. Pero clases particulares... Gastar dinero sólo para ponerle al lado un vigilante mientras hace las tareas..., eso no.

La madre no quedó conforme con este consejo. Vio a la señora Schmied sentada en el pasillo, delante de la biblioteca de los profesores. Recordó que Florián le había hablado de unas clases particulares que recibía Hansi.

—Perdone, señora Schmied. ¿Quién le da clases particulares a Hansi?

—¿En qué asignatura? —preguntó la señora Schmied.

—Mi Florián las necesita en matemáticas.

—En matemáticas puedo recomendarle al hermano de Marialuise, Paul. Está en tercero de bachillerato, su fuerte son las matemáticas y es un chico responsable. Ha ayudado mucho a Hansi. A Paul hay que obligarle a que acepte el dinero. Al principio no quería recibir nada porque Hansi va a la misma clase que Marialuise.

—Bien, eso se puede arreglar —dijo la madre de Florián—. Claro que debe cobrar por las clases, porque él presta un servicio; y el cliente debe alegrarse cuando la persona que le sirve es de confianza.

Florián se quedó aterrado al enterarse de quién le iba a dar clases particulares.

—Ése de ninguna manera.

—¿Crees que vamos a pagar a un profesor caro? Paul parece muy formal y responsable. Pregunta mañana a Marialuise si su hermano dispone de tiempo para ti.

—Yo no hablo con Marialuise, porque ella pensará cualquier cosa.

—Ella no pensará cualquier cosa desde el momento en que tú le digas de qué se trata... O espera..., dame la guía telefónica, que le hablaré yo misma.

—Eso es ridículo —dijo Florián—. Yo puedo tratar el asunto con Paul.

—Entonces anda y llámale. Pero enseguida. Cuando papá llegue a casa, quiero poder decirle la fecha de tu primera clase. De lo contrario creerá que no hacemos nada y que yo me preocupo poco del problema.

No paró hasta que Florián habló por teléfono. Por fortuna no cogió el teléfono Marialuise, sino la abuela y luego Paul. Paul tenía tiempo. Se puso de acuerdo sobre la hora con Florián.

—Marialuise puede explicarte el camino hasta nuestra casa.

—Tengo un plano de la ciudad —dijo Florián.

Aquella noche, Florián durmió mal.

A la mañana siguiente dijo a Sabine en el instituto que iba a recibir clases particulares de Paul. Sabine le miró, reflexionó un instante y dijo:

—Los miércoles por la tarde hay manualidades, y los jueves, gimnasia para chicas. Elige esos días para las clases.

—No me da rabia sólo por Marialuise —dijo Florián—. Me da rabia todo este asunto. Y no quiero que él me sonsaque cosas de ti.

—Bah, hace tiempo que se interesa por otras.

—Ni hablar —dijo Florián.

Marialuise guardó un discreto silencio ante Florián, pero en la clase de gimnasia dijo a Sabine:

—Oye, Florián estará ahora a menudo en nuestra casa. Paul va a darle clases.

—Lo sé —dijo Sabine—. Si yo tuviera que dar clases, me gustaría también ir a casa de tu hermano.

—Oh —dijo Marialuise—. ¿Debo comunicárselo?

—Yo no necesito clases, así que me da igual —dijo Sabine.

Marialuise reflexionó.

—¿No vas ya con Florián?

—¿Ir? —preguntó Sabine.

—Bueno, ya sabes: pasear y cosas así...

—Yo suelo ir sólo con uno —dijo Sabine—. Y ése es Treff.

—Ja, ja, qué gracia. Todo el curso sabe que quieres a Florián.

—Querer... es otra cosa —dijo Sabine.

—A mí no me importa cómo lo llames, pero viene a ser lo mismo —dijo Marialuise.

—Eso no es verdad —dijo Sabine.

Marialuise no estaba en casa cuando Florián llegó para recibir su primera clase particular. Sólo estaba la abuela, cocinando, y preparó el té para Paul y Florián. Paul hizo ejercicios de ecuaciones con Florián, bromeó sobre el profesor Kern y no le preguntó por Sabine. Esta primera clase fue aceptable.

Florián se encontró con Marialuise en la entrada de la casa. La chica tenía la cara encendida, como si hubiera corrido.

—Hola —dijo Marialuise, y permaneció a su lado.

Florián tuvo que decir algo:

—Veo que tienes una abuela muy simpática...

—Es la preferida de toda la familia —dijo Marialuise.

—Bueno, hasta mañana —dijo Florián.

Si se daba prisa, aún podía pasar por casa de Sabine.

La encontró en la conejera, agitando en la mano una cinta métrica y riendo.

Se rió aún más al ver a Florián. Apenas pudo hablar por la risa.

—Guardo una sorpresa para ti. ¡Adivínalo!

—Que has ganado diez centímetros de cintura...

—Vamos... —dijo ella—. ¿Cómo se te ocurre ese disparate?

Florián le señaló la cinta métrica.

—Ah, ya —dijo ella, riéndose de nuevo—. Sólo he medido a ver si se ajusta.

—¿Qué?

—El banco de alfarero —gritó ella—. El arcaico banco accionado a pedal. Lo he descubierto hoy y podíamos haberlo tenido desde hace dos semanas si hubiéramos hablado más con la gente.

Florián se sentó en el taburete y la miró fijamente.

Sabine le contó todo punto por punto: había pasado por la tienda del señor Vanderbill y él le preguntó cómo iban sus proyectos y qué se proponían hacer. «¿Un torno de alfarero? Hija, hace años que hay un torno de alfarero en un rincón de esta tienda y lo habría vendido ya de haberme enterado de la existencia de alguna persona interesada. Pero habría tenido que revolver toda la tienda, porque el torno está sepultado bajo otras mercancías y por eso me alegro en el fondo de que nadie me lo pida». «Nosotros estamos interesados —había contestado Sabine—. Y le ayudaremos a sacar el torno».

—¡Un torno de alfarero! —murmuró Florián—. ¿Y qué precio tiene?

—Cuatro mil chelines, en atención a mí —dijo Sabine—. Llamé por teléfono a la señora Lederer. Ella dice que un torno con banco accionado a pedal por cuatro mil chelines es una ganga.

—A pesar de todo, yo no tengo ese dinero —dijo Florián—. No tengo ni un céntimo porque me han dejado sin la paga de la semana.

—Yo puedo prestarte una parte porque tengo una libreta de ahorros —dijo Sabine.

—Yo también la tengo —dijo Florián—. Cuando la abuela o mi padrino me dan dinero, lo ingreso en la libreta.

—¿Cuánto tienes?

—No lo sé. Nunca me he preocupado de eso porque no puedo gastarlo por mi cuenta.

—¿Por qué no? —preguntó Sabine—. Ese dinero es tuyo, y seguramente no lo gastarás para una tontería.

—Mis padres nunca me permitirán comprar un torno de alfarero. Para ellos sería una locura y además están disgustados conmigo por los estudios.

—Lástima —dijo Sabine—. Lástima... Pero ¿si yo te presto el dinero, Florián?

Él sacudió la cabeza.

—Te lo prestaré con el permiso de mis padres, si eso te va a tranquilizar.

—A lo mejor se me ocurre algo —dijo él—. Una salida...

Aquella noche Florián apenas pudo conciliar el sueño. Trató de calcular el dinero que tenía en la libreta de ahorros. Eran dos mil chelines. Aunque lo retirase en secreto, era demasiado poco. Por la tarde, después de la clase de piano de Franziska, fueron los dos a ver los conejos, según lo acordado.

Franziska jugó con los conejos y se entusiasmó con las piezas y las figuras de animales que ocupaban los estantes para el secado.

—¿Todo eso lo has hecho tú, Florián?

—Si me delatas, no podré entrar más aquí —dijo Florián.

—Oh... Yo sé siempre muchas más cosas de las que digo —contestó Franziska.

Sabine le dio zanahorias para que alimentase a los conejos.

Franziska habló con los conejos y los acarició mientras les daba de comer, y de vez en cuando se paraba a escuchar. Sabine y Florián cuchicheaban entre sí y ella hizo lo posible por oír la conversación.

De vuelta a casa, Franziska preguntó:

—¿Para qué sirve un torno?

Florián dejó escapar un suspiro.

—Para hacer cosas redondas, curiosa.

—¿Te gustaría tener un torno?

—Mucho —dijo Florián—. Pero no digas nada en casa. No puedo comprarlo.

Por la noche, cuando Florián ya estaba acostado, Franziska entró en su cuarto con los pies descalzos y depositó su libreta de ahorros sobre la manta de Florián.

—Te la regalo —dijo—. Mamá me ha dado permiso para comprarme una bicicleta grande. Así que puedo emplear el dinero. Nadie puede prohibirme que te regale eso y yo siga con mi bici pequeña.

Se lo había pensado bien.

—Podrías usar mi bici bajando el sillín —dijo Florián—. Pero, a pesar de todo...

—Mi santo y seña es «casa de las muñecas» —dijo Franziska. Iré a verlo cuando tengas el torno.

Se retiró de puntillas.

Florián abrió la libreta. Franziska tenía ahorrados tres mil chelines.

«No lo puedo aceptar», pensó Florián.

Agradeció a Sabine el que no hubiera hablado del asunto en el colegio.

«Quién sabe si funciona ese torno», pensó. Nunca había visto un torno de alfarero accionado a pedal.

«Al menos podría ir a verlo», pensó.

Por la tarde fue a la tienda del señor Vanderbill. Éste había despejado ya el camino hasta el torno. Florián lo accionó con el pie. El torno no necesitaba ningún ciclista a destajo. Florián palpó con el dedo el banco de madera. Parecía realmente fuerte.

—Si vienes con tu amigo gordo y me ayudas a cargar... —dijo el señor Vanderbill.

Florián asintió con la cabeza. Toni era persona de confianza. Florián pudo acordar tranquilamente una fecha.

Retiró de su libreta de ahorro mil quinientos chelines y de la libreta de Franziska dos mil quinientos. Lo puso en conocimiento de Toni y de Sabine. El señor Vanderbill entregó el torno a portes pagados.

13

MARIALUISE estaba sentada con su hermano delante del tocadiscos. Chasqueaba los dedos y sacudía la cabeza y los hombros con el ritmo de los Crazy Brothers. Cuando Paul cambió el disco, ella dijo:

—Hay una cosa que no comprendo... ¿Adónde va Florián cuando termina la clase contigo?

—Probablemente a su casa —dijo Paul.

—A su casa no —dijo Marialuise—. Al volver de la clase de gimnasia, yo tendría que encontrarme con él. O sea, yo camino en una dirección que me llevaría por fuerza a tropezar con él... No nos hemos encontrado nunca.

—Lo mejor será que se lo preguntes a él —dijo Paul—. Preséntate de señorita comisario y sométele a interrogatorio: a lo mejor le gusta.

—Se lo voy a preguntar a Sabine —dijo Marialuise—. Pero no en el instituto. Creo que los dos tienen algún secreto entre manos.

—¿Sabine y Mayer?

—Sí, ya ves.

—No me importa lo que se lleven entre manos —dijo Paul.

—¿Cuándo viene Florián la próxima vez?

—Yo... No hemos acordado nada —dijo Paul.

AL DÍA SIGUIENTE, Marialuise dijo a Florián:

—Paul no recuerda la fecha de la próxima clase.

—El jueves de tres a cuatro —dijo Florián.

El jueves sintió Marialuise un terrible dolor de cabeza durante la clase de gimnasia.

—Creo que necesito respirar aire fresco —dijo en tono quejumbroso.

La profesora le aconsejó irse a casa. Marialuise le dio las gracias y se marchó.

A las cuatro en punto estaba frente al portal de su casa, pero en la acera opuesta. Observó cómo Florián salía de la casa y enfilaba rápido la calle en dirección a la Weintraubengasse. Ella le siguió hasta cerciorarse de que se dirigía efectivamente a la Weintraubengasse. Ya podía esperar acontecimientos. Sabía cuál era la vivienda de Sabine.

Después de un cuarto de hora, Marialuise subió a la tercera planta y llamó al timbre para preguntar por Sabina Mitterhöfer. Nadie salió a abrir, pero ella pudo oír el parloteo de la cotorra. Lo oyó con toda claridad.

«Bussibussi-Sabine buena-Florián bueno-Tonibueno-Marialuise-buena», dijo la cotorra con todas las letras.

La chica se sintió sofocada.

Bajó las escaleras. Se acordó de la conejera. «En el patio interior», había dicho Sabine en una clase de alemán con el profesor Weidwiedl. Marialuise se asomó al patio.

Las ventanas del cobertizo de madera estaban abiertas. Una chica se reía. Marialuise reconoció la voz de Sabine.

—Déjame también a mí —dijo Sabine.

Marialuise no entendió la contestación, pero estaba segura de la presencia de Florián. Dio unos pasos en dirección al interior del patio, temerosa de seguir adelante. Al fin avanzó tanto, que pudo mirar por la ventana. Vio a Sabine sentada delante de un torno y con un trozo de arcilla en las manos. Florián estaba junto a ella y había puesto su mano derecha sobre la mano de Sabine. El torno empezó a girar.

—Se me va —dijo Sabine.

Marialuise golpeó el cristal de la ventana.

—Hola, pareja —dijo. Vio cómo Florián se asustaba.

Sabine, la embustera —«¿Ir?», había dicho. «Yo sólo voy con uno, y ése es Treff»—, no dio ninguna señal de extrañeza.

—Entra, la puerta está abierta —dijo Sabine—. No puedo tocar nada; estoy pringada de arcilla.

Marialuise abrió la puerta, entró y miró a su alrededor.

—Qué bien lo pasáis. Esto es un verdadero taller de *hobbies*... He estado arriba, a la puerta de tu casa, y luego he pensado que quizá anduvieras por la conejera... ¿Dónde están los conejos? —miró por el enrejado de las portezuelas.

—Vendrás a pedir un cuaderno, ¿no? —dijo Sabine—. ¿Cuál necesitas?

—El... la carpeta de alemán —dijo Marialuise—. Si me haces el favor...

—Se la he dejado a Toni —dijo Sabine—. Tiene pronto examen. Pero puedo decirle que lleve mañana la carpeta al instituto para que puedas ver lo que te falta.

—No es tan importante —dijo Marialuise.

Miró los estantes, las vasijas y los platos, los azulejos y las figuras de animales. Las cuentas. ¡Oh, las cuentas...!

—¿Todo eso es tuyo? —preguntó Marialuise—. Tú estás loco, Florián. No me extraña que en clase vayas de mal en peor.

—Ese problema es mío y no tuyo —dijo Florián.

—Una habla con buena intención y tú te sulfuras —dijo Marialuise—. Yo que Sabine no te dejaría emplear tanto tiempo en la cerámica descuidando el estudio.

—Es una suerte para mí que tú no seas Sabine —dijo Florián.

Marialuise dio media vuelta y se dirigió a la puerta.

Sabine y Florián oyeron sus pasos mientras se alejaba. Se cerró la puerta del patio.

—No sé si debías haberle dicho eso —comentó Sabine.

Marialuise contó a su hermano todo lo que había visto. Él se encogió de hombros.

—¿Me vas a decir que te alegras? —preguntó ella.

—No —contestó Paul—. Pero no es asunto mío.

—Pero ¿a ti no te gustaría salir con Sabine?

—Yo no voy detrás de ninguna —dijo él.

Marialuise se quedó decepcionada ante la impasibilidad de su hermano. Ella tenía ganas de hablar con alguien que compartiera su indignación...

Quizá con alguien que comprendiese el peligro que corría Florián en el aspecto escolar. Sabine ejercía una influencia muy negativa sobre él.

Alguien debía hablar con Florián haciendo un llamamiento a su responsabilidad.

Quizá Brigitte Kratochwil.

«No me queda otro remedio —pensó Marialuise—. Yo deseo lo mejor para él, pero a mí no me escucha.»

Después de la clase de dibujo habló con Brigitte Kratochwil. Explicó cómo la cerámica distraía a Florián de sus deberes escolares. Y no sólo la cerámica...

—Como siga así, fracasa en el instituto —dijo Marialuise.

—ESTÁS MUY PENSATIVA, Brigitte —le dijo su amiga durante la comida.

—Sí —dijo Brigitte Kratochwil—. Algo me ronda en la cabeza. Una alumna de octavo ha acusado a otro... de cosas sin importancia.

Contó a su amiga lo que había oído de labios de Marialuise.

—El caso es claro —dijo la amiga—. Esa chica está celosa.

—Claro —dijo Brigitte—, todo eso de las citas en la conejera... ¡Pero la cerámica! Yo comprendo que el chico se exceda en su *hobby*. Él es muy... vehemente, ¿sabes? Cuando se entusiasma con algo, olvida todo lo demás..., especialmente el estudio de cosas tan accesorias como las matemáticas.

—Dale una palmada en el hombro: «Amigo, primero el trabajo, luego la afición» —dijo su amiga.

—¿Y si eso significa para él «primero la cerámica, luego Sabine»? —preguntó Brigitte—. Yo le hablaré haciendo un llamamiento a su responsabilidad. Quizá le impresione mi severidad, porque siempre me ve complaciente... Pero lo que más me extraña del asunto es algo muy distinto —Brigitte hizo una pausa y miró a su amiga—. Mi primera idea después de hablar con Marialuise fue preguntar a Max lo que se puede hacer, pues él ha tratado a los chicos más que yo. Y mi segunda idea fue que era preferible no hablar, ya que podía perjudicar al chico... ¿Comprendes? Yo he conocido a un hombre que me interesa; él se muestra muy amable conmigo y en Pascua vamos a ir al sur de Francia con el Akademischer Reinseklub; su madre me ha invitado a comer... Pero tampoco creo que él sea lo bastante comprensivo con un chico que se halla en una situación crítica. Yo estoy perpleja desde que me he convencido de que no puedo confiarle este caso.

—Dale también a ése una palmada en el hombro —contestó la amiga—. Y hazle entender con toda claridad que no sólo los profesores, sino también los alumnos, son seres humanos... Y que tú quieres que él vea en los chicos a verdaderos chicos y no un material escolar...

—¿Crees que eso servirá de algo? —preguntó Brigitte.

—Si no sirve, procura enamorarte cuanto antes de un hombre más delicado —dijo la amiga.

—Debo pensarlo despacio —dijo Brigitte—. No es tan fácil remodelar a Max.

La amiga sonrió.

—Pero él ha conseguido remodelarte a ti... Blusa camisera, falda plisada, cabello recogido...

—Anda, no seas ridícula. Son cosas superficiales.

—Nada es totalmente superficial —dijo la amiga.

MODELAR PIEZAS DE ARCILLA era más divertido que dibujar perspectivas a tinta china y con pulcritud. Los chicos protestaron, pero Brigitte Kratochwil fue inflexible.

—Todas las líneas deben converger en el mismo punto. ¡Una pesadilla! —gruñó Toni.

—Pero ¿qué pasa, Toni?

Toni se limitó a jadear, pero Florián pudo explicar la pesadilla:

—Cada línea debe ser exacta; si no, está equivocada. No hay opción.

Brigitte Kratochwil se echó a reír.

—Las perspectivas constan en el programa. Después haremos pintura libre. Pero este tema debemos dominarlo a la perfección. Dibujaremos un mismo motivo —una calle y una puerta de la ciudad— desde la perspectiva del pájaro, desde arriba, y desde la perspectiva del sapo, desde abajo. Entonces la perspectiva resulta interesante. Para un sapo, la línea del horizonte es muy baja; las casas de la ciudad parecen muy altas y presentan una figura amenazante, sin tejados, como muros de prisión. Un pájaro que vuela sobre la calle ve ya, más allá de una puerta de la ciudad, el campo abierto.

Brigitte se inclinó sobre el pliego de dibujo de Florián.

—Exacto, eso está bien... Necesito en el recreo un ayudante en el aula de dibujo; ¿tienes tiempo?

—Para usted, siempre —dijo Florián—. Me basta con un silbido.

Brigitte había buscado un pretexto para iniciar la conversación. No quería jugar al ratón y al gato con él. Le dijo sin rodeos lo que Marialuise le había contado.

—Marialuise no te ha delatado por un sentimiento puro de responsabilidad; eso lo sabemos tú y yo... Pero ¿saben tus padres el tiempo que pasas en el taller? ¿No? No te le permitirían, y con razón. La cerámica es un bello *hobby*, pero no debe convertirse en la ocupación principal. Primero está el estudio. Debes ser razonable y darte cuenta de esto antes de que tropieces con mayores dificultades. ¿Me lo prometes? Yo estoy preocupada y además me remuerde la conciencia por haberte iniciado en la cerámica. Debes reducir tu *hobby* a sus justas proporciones. ¿Qué pretendes con tantos vasos y figuras de animales? ¿Ir al mercadillo y ponerte a vender? Sé sensato y hazme caso. No contaré a nadie lo de tu taller, pero confío en que serás aplicado desde ahora. Quedaría muy decepcionada si abusases de mi confianza.

Brigitte le miró a la cara. ¿Le había hablado con suficiente claridad? ¿Por qué no contestaba?

—Bueno, ahora puedes hablar tú después de mi largo sermón...

—Quisiera saber a quién más se lo ha contado Marialuise —dijo Florián—. O si de momento —corrigió— sólo ha hablado con usted.

—Creo que sólo conmigo —dijo ella.

—Si va a hablar con el profesor Kern, lo sabrán enseguida mis padres y entonces habrá un escándalo y no podré ir más a la conejera —dijo Florián—. Esperemos que Marialuise no sepa esto último.

—Mientras tu rendimiento en el colegio sea aceptable, nadie te puede prohibir que ocupes tu tiempo libre en un *hobby* —dijo Brigitte Kratochwil—. Así que piénsalo: el estudio tiene la prioridad. Quizá se me ocurra algo para frenar a Marialuise en su afán de comunicar la noticia.

Florián volvió apesadumbrado a clase. Marialuise estaba enfrascada en un libro; a pesar de ello, él tuvo la sensación de que le observaba. Sabine no estuvo en clase aquel día; le quitaron la escayola en el ambulatorio. Florián tuvo tiempo para reflexionar sobre la nueva situación.

«Ya veremos si la señorita Kratochwil puede frenar a Marialuise...»

«Marialuise, probablemente, es capaz de todo.»

«Pero ahora esperará a ver si su delación ha surtido efecto.»

«Yo no me dejaré chantajear por ella.»

«Hay que aprovechar el tiempo que aún queda.»

«Disfrutar de la conejera. Debo dedicarme todo lo que pueda a la cerámica. Sobre todo, llevar a la señora Lederer las obras hechas para su cocción. Esta misma tarde.»

«Una pieza vidriada queda para siempre.»

En los próximos días Florián debía aplicarse mucho. Estudiar a tope. Gastar energía.

Energía es la capacidad de producir trabajo, señor profesor.

Repaso de física, examen de alemán, examen de inglés...

Le daba rabia el examen de alemán, no por él, sino por Toni. Había prometido a Toni ayudarle a repasar.

Podía aplazarlo todo menos el estudio de alemán con Toni.

DESPUÉS DE LA CLASE de manualidades, por la tarde, Brigitte Kratochwil llamó a Marialuise. Procuró esbozar una sonrisa amable y benevolente y le dijo:

—No debes preocuparte por Florián. Me ha prometido estudiar mucho. Y también ha prometido al profesor Kern que sólo irá a cerámica una tarde a la semana como máximo. También Sabine le ha hablado en serio. Estudiarán los dos juntos. Lo que nadie puede prohibirle es que tenga un *hobby*... ¿Tú qué haces en tu tiempo libre?

—Leer —dijo Marialuise—. Escuchar discos. Ir al teatro, al cine.

—Con Gerry, de tercero de bachillerato..., ya lo sé, ya —dijo Brigitte Kratochwil.

Fue un disparo al azar, pero dio en el blanco.

Marialuise se puso colorada.

—Sólo de vez en cuando —musitó.

—Tampoco hay que exagerar las cosas —dijo Brigitte Kratochwil.

LA SEÑORA LEDERER asintió con la cabeza cuando Florián le preguntó si podía acudir al taller con más frecuencia. Ella contempló las piezas que le había llevado, sonrió ante las figuras de animales y sacudió la cabeza ante algunas vasijas.

—¿Has deshecho alguna vez una vasija para probar de nuevo hasta que la pared salga de espesor uniforme? —preguntó.

—¿Cómo? ¿Romper una pieza recién hecha?

—Debes tener ese coraje; hay que aprender de los errores —dijo, entregándole un trozo de arcilla.

Florián se sentó delante del torno, amasó la arcilla y le dio la forma de una bolita redonda. Humedeció el torno, lanzó la bolita al centro, la rodeó con las manos y pisó el pedal.

«No tienes opción —pensó Florián—. Harás lo que yo quiera.»

Las palabras mágicas del que está aprendiendo a centrar la masa.

La bolita estaba en el centro, sin oscilar. Florián la oprimió con los dedos pulgares, ensanchó el fondo convirtiéndolo en una base plana y comenzó a levantar la pared. Se sintió feliz, como de costumbre, al ver cómo se perfilaba la forma entre sus dedos. Reforzó la presión de la mano izquierda: presionó con la derecha el lado exterior; la pared del plato empezó a curvarse. Cuando se alzó lo suficiente, Florián recortó con el cuchillo el borde superior irregular. Se limitó a sostener quieto el cuchillo; el torno hacía el trabajo por él. El plato salió bien y Florián se alegró mucho.

Con un alambre lo desprendió del torno y lo depositó con cuidado sobre la mesa. Lo contempló un rato, echó mano otra vez del alambre y cortó el plato de arriba abajo.

—Bueno —dijo—. El espesor de pared es irregular. Tendré que ejercitarme durante años.

Se estremeció. ¿Durante años? No estaba seguro de tener ocasión de poder trabajar en las cuatro semanas siguientes.

Deshizo el plato.

—Prueba de nuevo —dijo la señora Lederer—, pero sólo cuando te sosiegues. Es absurdo sentarse al torno nervioso e inquieto.

Ella vio cómo Florián golpeaba y amasaba la arcilla, murmurando entre dientes:

—No tienes opción. Tú harás lo que yo quiera. Ya te enseñaré yo.

La señora Lederer se echó a reír.

—¿No estará ya a punto?

—Probablemente sí: está a punto. A veces me pongo furioso... —él también se echó a reír—. Cuando estoy amasando, me imagino que la arcilla queda perfecta. Siempre le hablo a la arcilla. Aquí y en la conejera de Sabine. En mi casa no puedo modelar.

—¿Ni siquiera en la cocina?

—La cocina... ¡Ja, ja! La cerámica es un trabajo sucio y está prohibido. En casa no me comprenden. Sólo se fijan en las dichosas notas del colegio.

Hizo de la arcilla una bolita, volvió al torno y empezó la obra de nuevo.

—No tienes opción —dijo en voz alta.

La señora Lederer entró en la cocina y puso a calentar el agua para el té. Con la bata arrugada, los mechones de pelo gris sobre cada oreja y las salpicaduras de arcilla en las manos, era la cocinera más extraordinaria que Florián había conocido.

—¿Para ti también? —preguntó—. ¿Fuerte y con mucho azúcar?

—Sí.

Cuando volvió con la bandeja, Florián había colocado sobre la mesa el nuevo plato. Lo cortó en dos mitades.

—No está tan mal —comentó la señora Lederer.

Florián asintió con la cabeza.

—¿Quieres tornear algo? ¿O modelar un animal?

—Quizá un animal.

La señora Lederer sirvió el té.

—¿Y es verdad que no te comprenden en tu casa? ¿Nadie?

—Ellos quisieran que fuese de otro modo —dijo Florián—. Siempre están criticándome. No me aceptan como soy.

—Anda, Florián, ya habrá alguien que te quiera tal como eres.

Florián reflexionó.

—Franziska..., mi hermana menor...

—¿Y fuera de la familia?

—Sabine —dijo titubeando—. Me deja ser así. Se alegra cuando voy. No me manda nada. Pero... cree que un día le voy a hacer un elefante que se sostenga sobre la trompa.

—¿Un elefante que se sostenga sobre la trompa?

—Sí. Algo imposible.

—Imposible no es —dijo la señora, que tomó un lápiz y se puso a dibujar sobre la mesa—. Técnicamente muy difícil, sí. El elefante necesita una base sólida. Mira... Y un apoyo interior para la trompa —se echó a reír—. El que sea capaz de modelar una cosa así, es un maestro. Pero imposible no es.

Florián reflexionó.

—Menos mal que es posible. Aunque para mí es imposible. Yo no seré ningún maestro.

—De buenas a primeras no —dijo ella, sonriendo satisfecha—. Pero quizá en diez o quince años...

—Nunca —dijo Florián—. No me dejan hacer lo que me gusta. Nunca me permitirán ser ceramista... No me comprenden. ¿Sabe usted lo que hacen conmigo?

Tomó un pequeño trozo de arcilla, formó una esfera, la colocó en la mesa y la aplastó de un golpe.

—Eso hacen conmigo.

—No seas ridículo —dijo la señora Lederer—. El trozo de arcilla no puede defenderse porque no posee cerebro ni boca. Pero tú puedes defenderte. Puedes aprender a imponerte.

—Pero ¿si no hay nadie que crea que sabes hacer algo?

—No seas injusto. Tienes a tu hermana pequeña que está a tu favor. Tienes a esa Sabine que te deja ser como eres y además espera que le hagas el elefante. Tienes a dos personas y probablemente tú las quieres...

—Sí —dijo Florián.

—¡Dos personas a las que quieres! ¡No sabes la suerte que tienes! Dos personas... No te quejes nunca más.

La señora se levantó y le condujo a la estantería donde se exhibían pruebas de vidriado.

—Tus azulejos han salido muy bellos. Los pequeños platos también. ¿Qué esmalte te gustaría para ellos, si me decido a vidriarlos?

Florián eligió dos. Luego cogió de la cocina la bolsa de la compra y preguntó a la señora qué debía traer. La señora Lederer no necesitaba mucho.

—¿Ha pensado que está próximo el fin de semana?

No lo había pensado. Tomó un papel y escribió una lista.

En el tranvía, Florián ideó sus próximos trabajos: unos pendientes para Franziska y algunos huevos de cerámica para Sabine, presentados en un viejo nido abandonado que había encontrado en el parque. La Pascua estaba próxima. Florián necesitaba regalos.

Se acordó de Brigitte Kratochwil.

«Reducir el *hobby* a sus justas proporciones... Debo poder confiar en ti... ¿Para qué tantas piezas?... ¿Quizá para ir al mercadillo a venderlas?»

Florián había estado algunas veces en el mercadillo; la última vez, durante las vacaciones de verano. Había visto a algunos alumnos que ofrecían sus libros usados de latín. Niños vendiendo juguetes.

«Señora profesora, se lo perdono todo. El mercadillo... es la gran idea. Yo necesito dinero para comprar arcilla y esmaltes. Quizá obtenga el dinero necesario para devolver una parte a Franziska.»

Sentía un peso sobre su conciencia desde que Franziska le traspasó todos sus ahorros.

«Lo venderé todo menos los azulejos, que serán para la señora Mitterhöfer.»

«El dinero de la venta lo repartiré así: una mitad para la compra de arcilla y la otra mitad para Franziska.»

El tranvía cruzó traqueteando el puente provisional. En la zanja de la obra, debajo del puente, había numerosos trabajadores luciendo cascos protectores de color chillón. Y camiones cargados de tierra azul grisácea. Florián miró por el cristal de la ventanilla. ¿A qué comprar arcilla cara cuando había allí de sobra? «Amasar hasta formar una pasta», había dicho la señora Lederer.

A lo mejor la arcilla del suburbano no necesitaba esmalte. Sólo la cocción a temperatura de vidriado. Y dejarse sorprender por los tonos rojos y pardos.

LA RETRANSMISIÓN televisiva del Torneo de las Naciones el sábado por la tarde fue una suerte. Las calles estaban vacías. Nadie se preocupó de Sabine, Florián y Toni cuando saltaron la valla de la zanja, cada uno con su cubo de plástico en la mano. Bajaron la rampa. La tierra arcillosa se les pegaba a las suelas de los zapatos. Escarbaron y picaron en las paredes lisas con dos paletas para carbón y con la vieja paleta de la caja de arena que Franziska guardaba aún, y llenaron los cubos. Sabine tuvo que conformarse con la mitad del cubo para no llevar demasiado peso.

—El trabajo duro viene después —murmuró Florián.

Sabine había colocado delante de la conejera una vieja bañera de niño. Florián depositó en ella el primer cubo de arcilla, echó agua, se arremangó y empezó a amasar.

—Vamos a ver —dijo Toni.

—Esto lo haré yo solo —dijo Florián—. Vosotros podéis sentaros a estudiar alemán. En voz alta, por favor, para que me llegue algo.

Se puso a amasar mientras la voz de Sabine resonaba en la conejera:

—*Biedermeier* típicamente austriaco..., vida simple, callada, tranquila..., verdadera humanidad. Graba en la memoria estos versos de Grillparzer: «Sólo hay una dicha en este mundo: la paz interior y la conciencia tranquila».

—Si tú lo dices... —comentó Toni—. Pero son dos las dichas y no una.

—Toni, la conciencia tranquila es la condición, por decirlo así, para la paz interior.

—Entonces, ¿por qué lo pone después?

—Supongo que al poeta le gustaba más cómo sonaba en ese orden. Venga, repítelo.

Al anochecer, Florián había amasado dos cubos y medio de arcilla y Toni aprendió tantas cosas sobre Grillparzer y sobre Raimund que confundía ya un poco sus escritos. Sabine juntó las manos cuando vio a Florián.

—Florián, por Dios, mírate al espejo; estás perdido de arriba abajo.

—Tengo entendido que la suciedad se puede limpiar.

Sabine despidió a Toni, mandó a Florián quitarse los zapatos y subió con él a casa.

—Hijos... —exclamó la madre de Sabine.

«Sabinebuena-Florianbueno-Tonibueno», gritó la cotorra.

Sabine hizo entrar a Florián en el baño, dejó correr el agua en la bañera y mandó a Florián apilar la ropa embadurnada de arcilla.

—Mañana, cuando esté seca, te la limpio.

—Estupendo —dijo Florián—. Y hoy iré a casa desnudo, pero limpio.

—Buscaré ropa de mi padre.

Florián tuvo que remangarse las perneras del pantalón. El cinturón rojo de Sabine evitó que se le cayera el pantalón. Un jersey azul de Sabine y una bonita chaqueta de la señora Mitterhöfer completaron su atuendo.

—¿Te atreves a salir así a la calle, Florián? —preguntó la señora Mitterhöfer—. Yo te puedo llevar a casa en el coche.

—No es necesario, muchas gracias —dijo Florián—. En mí nadie se fija.

Tuvo razón. Nadie se fijó en él.

Sólo su madre cuando llegó a casa.

—Florián...

—No ha pasado nada.

—¿Y esa facha?

—Es ropa de los Mitterhöfer... No te pongas nerviosa, por favor. Me está permitido ensuciarme de cuando en cuando...

—¿Y tu ropa?

—La traeré cuando esté limpia.

—Qué horrible, Florián. Qué malos ratos haces pasar. ¡Ve al baño ahora mismo!

—Ya me he bañado en casa de Sabine... No sé por qué te pones así. Estoy limpio de pies a cabeza, palabra de honor.

—No sé qué estudio será ése que le obliga a uno a revolcarse en el fango.

—Nada de revolcarse en el fango, por favor. Y hemos estado estudiando durante varias horas. Me he aprendido de memoria unos versos de Grillparzer. Escucha: «Sólo hay una dicha en este mundo: la paz interior y la conciencia tranquila».

Ella se fue al dormitorio, donde el padre estaba viendo la televisión, y tomó un sorbo del licor de hierbas.

—Me alegra que te guste —dijo él.

14

TODOS los años, a finales de abril, se producía entre Bárbara y su madre la disputa de los calcetines. Florián disfrutaba esa temporada porque al fin dejaba de ser la piedra de escándalo de cada día. Bárbara quería ponerse calcetines con falda plisada de color azul y la madre objetaba que aún hacía frío. Bárbara replicaba que todas las chicas de su curso iban ya con calcetines. La madre decía que había mirado a primera hora por la ventana y que había visto a las chicas con pantalón. Bárbara empezaba a sollozar y a gritar diciendo que se iban a burlar de ella en clase. La madre le respondía que la salud de Bárbara era más importante que la ridícula competencia de los calcetines. Recordaba todas las pielitis que Bárbara había pasado de pequeña, y se ponía tan nerviosa que le salían manchas rojas en la cara.

Un fin de semana soleado marcó el término de la pelea. Bárbara estaba en el vestíbulo, sonriente, luciendo unos calcetines de color blanco.

Quería ir al parque y encontrarse con sus amigas. Su madre estaba a su lado un tanto perpleja y le dijo:

—A ver si te pones enferma.

En aquel momento llegó Florián a casa.

—¿Qué tiempo hace por ahí fuera? —preguntó la madre.

—¡Espléndido! Un fresco agradable.

Bárbara tuvo que ponerse leotardos debajo de los calcetines y se enfadó mucho. Florián le guiñó el ojo a Franziska. No se prodigaban mucho las ocasiones para vengarse de Bárbara.

Florián sacó con buen humor la carpeta de alemán y preparó los párrafos para Toni. Había que darle la materia desmenuzada en pequeñas partes. Florián se asombraba a veces de la naturalidad con que el profesor Weidwiedl calificaba la materia de «lo mínimo exigible». Hansi Schmied, que en los conciertos solía hacer amigos de otros colegios, había comprobado que en otros centros se exigía mucho menos a los de 8.º curso. Por fortuna, al profesor Weidwiedl no le interesaban las fechas. Además, examinaba primero a los buenos alumnos e invitaba a los menos buenos a aguzar el oído. Pero en la lista de preguntas había algunas muy peregrinas:

«Imagina que Grillparzer se va de paseo a la Michaelerplatz. ¿Con qué personajes célebres se puede encontrar?» No había más remedio que revolver libros e investigar pintores, músicos, políticos y demás celebridades como posibles paseantes en tiempos de Grillparzer.

En casa de Florián había bastantes libros donde conseguir aquellos datos.

—Pide a tus padres que nos dejen estudiar en tu casa —dijo Sabine a Florián—. Por lo menos la última semana antes del examen.

Florián aguardó a que sus padres sacaran a colación el tema del instituto. No tardaron mucho. Las ausencias del padre fueron menos frecuentes la última semana. Estaba más en casa y escribía listas de *best sellers* para su editorial. Tenía más tiempo para preocuparse de los hijos.

—¿Cuándo tienes tu próximo examen? —preguntó a Florián.

—A propósito —dijo Florián—. Es un problema. Estamos estudiando para el examen de alemán; necesitamos libros de consulta y en casa de Sabine no hay tantos como aquí.

—¡Vaya problema! —dijo el padre—. Trae a tus amigos.

—¿Y podremos revolver en tus libros?

—¿Por qué no?

—Pero mamá... tendría que prepararnos algo de comer... El estudio nos abre el apetito...

—Sí, hijo, algo podremos ofreceros.

Su padre sacudió la cabeza.

La madre de Florián dio inmediatamente su consentimiento cuando supo a quién iba a invitar su hijo.

—Hace tiempo que tenía ganas de conocer a Sabine —dijo a su esposo.

Preparó una fuente con huevos de Pascua y un gran plato de bocadillos. Cuando Florián llevó a Sabine y a

Toni a la sala de estar, vio unos claveles rosados encima del piano. Dentro de su jarrón verdeazulado.

Florián se quedó asombrado. A veces los padres eran desconcertantes.

Su padre sobre todo. Apenas indicó Sabine que había pocas ilustraciones en los libros sobre los literatos del *Biedermeier,* entró en su habitación y buscó hasta que pudo ofrecer a Sabine todos los poetas solicitados.

—Si fueras tan aplicado en matemáticas... —dijo la madre a Florián al final de la jornada.

Toni sólo cometió pequeños fallos en el examen de alemán. Nombró personajes con los que podía haber hablado Raimund en el café y mencionó entre ellos a Napoleón. «Sólo en teoría», puntualizó al ver que Weidwiedl suspiraba.

Toni dijo que Grillparzer escribió piezas teatrales tan divertidas como Raimund, pero rectificó ante el acceso de tos que le dio a Sabine: «A Raimund le hubiera gustado escribir cosas tan tristes como las de Grillparzer».

El tropiezo más grave fue al describir las horas finales de Raimund. Toni recordó que Raimund murió prematuramente.

Florián quiso soplarle:

—Le mordió un perro..., miedo a la rabia..., se suicidó.

Toni hizo un gesto de agradecimiento y gruñó con su voz de bajo:

—Le mató un perro rabioso.

Weidwiedl sacó una pastilla de su caja, pero no pudo tomarla porque Toni habló de piezas teatrales que había leído.

—*El rey de los Alpes* y *El enemigo de los seres humanos...,* usted debe leerlas, señor profesor. ¡Le gustarán!

Weidwiedl se secó el sudor del cogote y acogió con satisfacción el descanso para tomar café.

En la biblioteca de los profesores, la señora Schneider protestaba enérgicamente contra un alumno de grado superior.

—Y luego, esa insolencia de Gerry Stadler señalándome diversos apartados de la ley de Educación... pidiéndome cuentas de por qué tengo que examinar otra vez a ciertos alumnos... Yo les pregunto a ustedes dónde queda la autoridad, si el profesor ha de justificar sus actos ante los alumnos.

—¿Hay café lo bastante cargado? —jadeó Weidwiedl desde la puerta. Brigitte Kratochwil le arrimó un sillón y le llenó una taza, con algo de café y mucha leche caliente.

La catedrática Schneider extendió el dedo índice para señalar un folleto que le asomaba a Weidwiedl del bolsillo de la chaqueta.

—Tire eso, quítelo de mi vista, que no puedo verlo.

—¿Eso? —preguntó Weidwiedl—. Es sólo el comentario a la ley de Educación que acaba de devolverme Stadler, de tercero de bachillerato.

Hubo un momento de silencio. Weidwiedl saboreó el café.

—¡Qué tranquilo está hoy este lugar! —gruñó—. Resulta agradable para gente mayor como yo... Sí, Gerry Stadler. Un chico muy formal..., está madurando muy bien...

—¿Que está madurando? Está sacando los pies de las alforjas, que no es igual —murmuró la señora Schneider—. Para hablar, sí; se las pinta solo.

—Ha cursado conmigo siete años de alemán, dijo Weidwiedl.

Extrañamente, el café no reanimó al viejo profesor.

«Debo tener paciencia y resignarme a estar cansado —penso Weidwiedl—. La culpa la tiene la primavera.»

Decidió darse un buen paseo el sábado por la mañana. El sábado había sido su día libre durante los últimos años. Caminaría despacio por el mercado. Descansaría la vista con las frutas y verduras y charlaría con las vendedoras. Seguiría luego hasta el mercadillo.

A WEIDWIEDL le encantaba el mercadillo. Su máximo placer consistía en rebuscar en los montones de libros, entre el ruido y el desorden.

Esta vez tuvo suerte ya a hora temprana, a las nueve. Entre álbumes de fotos y extractos de operetas rescató un pequeño volumen con textos latinos. Regateó el precio con el joven vendedor y consiguió una rebaja del cinco por ciento. Inmediatamente después salvó un tomo de Schiller del año 1880 al que una señora pretendía arrancar las ilustraciones. Diez pasos más adelante una chica había expuesto sus tesoros sobre una vieja manta: encajes gastados, un abanico de varillas dobladas, tazas de porcelana multicolor. Entre los encajes asomaba con destellos de oro el lomo de un pequeño libro. Weidwiedl sintió curiosidad.

—¿Qué es eso?

La chica, de mirada ausente, sostenía en la mano un cigarrillo que desprendía un extraño aroma dulzón.

—¿El libro? —habló despacio, como recordando las palabras—. No lo sé. Del desván. No puedo leer el título.

El profesor se agachó con dificultad y cogió el volumen.

—Griego —jadeó—. Poemas arcaicos de alguien que era consciente de lo que escribía. Escucha, hija —tradujo el primer verso—: «Qué es vida, qué es gozo sin el amor dorado...».

Ella se encogió de hombros y le miró fijamente.

—Si le gusta el libro, se lo regalo —dijo.

Weidwiedl no pudo convencerla para que le cobrase el precio.

El profesor siguió caminando. El sol le daba en el cogote. El profesor sudaba. Compró en un puesto un paraguas de varillaje herrumbroso y lo abrió. En aquel ambiente abigarrado un anciano con un paraguas herrumbroso no llamaba la atención. El profesor vio hombres jóvenes con sombreros de copa, viejos con chacós de papel de periódico y estudiantes con turbante. Un muchacho, sentado en una silla de montar, tocaba la flauta.

Weidwiedl divisó una placita donde podía descansar. Descubrió en ella algunas sillas viejas.

—Sólo un momento —dijo al hombre que vendía las sillas.

—Siéntate tranquilo y descansa —dijo el hombre—. Yo voy a tomar una cerveza. Vigila mis cosas.

Weidwiedl tomó asiento y vigiló las sillas vacías. Aquel descanso le hizo bien. Sintió el calor del sol en las rodillas. Se protegía la cabeza con la sombra del viejo paraguas.

En la fila de enfrente un chico había armado su puesto con cajas de frutas. Vasijas y platos, azulejos y figuritas de animales aparecían ordenados sobre las cajas. El chico miraba fijamente como si estuviera viendo un fantasma.

Weidwiedl aguzó la mirada, luego levantó el paraguas a modo de saludo:

—¡Salve, Florián!

El chico tragó saliva y a duras penas pudo hablar.

—Señor profesor, ¿qué hace usted aquí?

—Rescatar libros. ¿Y tú?

—Vender... objetos de artesanía.

—Ajá. ¿Cómo va el negocio?

—Regular.

—Los puestos anteriores son mejores —dijo Weidwiedl—. Estás en un mal sitio.

—Es la primera vez —dijo Florián—. Me falta experiencia.

—Cuando vuelva el vendedor de sillas, miraré tus artículos —dijo Weidwiedl—. ¿Son obra tuya? ¿O los has sacado del desván?

—Obra mía —Florián levantó una vasija.

—Qué originales esas abolladuras —dijo Weidwiedl—. Nunca había visto cosa igual. Y tan bien distribuidas por toda la superficie. ¿Fue difícil su realización?

Florián sacudió la cabeza.

—Eso se debe a la arcilla de mala calidad, arcilla del suburbano. Cuando la arcilla contiene sustancias orgánicas, salen en la cocción esas abolladuras que no revientan.

Algunas personas se detuvieron delante de Florián. Éste vendió dos ánforas con abolladuras y tres conejos.

—Ya ves —dijo Weidwiedl—. Nunca hay que perder la esperanza.

Se quitó la corbata y la guardó en el bolsillo.

—Tienes mala cara, chico. ¿Te sienta mal el sol?

—Todo lo contrario —contestó Florián.

Weidwiedl hojeó su libro.

—El mercadillo es una mina; puedes creerme. Este Tácito..., el décimo de mi colección. Si no me da antes el ataque, lo traduciré con vosotros. A menos que me jubilen antes —se le ensombreció la cara—. Claro que me jubilarán antes de que lo pueda comentar con vosotros.

El profesor tomó aliento.

—¿Y los otros libros? —preguntó Florián rápido.

—¿Éste? Schiller. Y poemas griegos de amor. Para esto eres aún demasiado joven. Pero el Tácito..., éste sí es para ti.

Sonrió satisfecho y buscó un determinado capítulo.

—¡Cómo se lamenta de la juventud de su tiempo y de

los malos maestros...! Escucha —estiró el cuello hacia Florián—. ¿Dónde está el chico?

—Ese chico parece un tipo raro —dijo una anciana que vendía retratos de emperadores y duques—. Ha desaparecido. Justamente cuando usted hojeaba el libro... Creo que le daba demasiado el sol.

Weidwiedl se levantó suspirando. Era a principios de mayo y hacía mucho calor. Le estallaba la cabeza. Veía a las personas como espectros. Se arrastró paso a paso hasta el tranvía.

Algo extraño había ocurrido aquella mañana.

Weidwiedl reflexionó.

Un sentimiento de malestar. Pero ¿por qué?

EL LUNES, a la hora del café, contó a sus compañeros sus últimos hallazgos de libros. Ellos sonrieron indulgentes; conocían su debilidad por el mercadillo.

—Tres libros y un paraguas —dijo jadeando. Y volviéndose a Briggite—: Puede quedarse con el paraguas. Tiene roña, creo, como su blusa. Lo compré por el sol. Casi perdí el sentido con aquel sol. También Florián Mayer se puso malo. Estaba hecho polvo.

—¿Dónde? —preguntó el profesor Kern—. ¿En el mercadillo?

—Sí. Vendía piezas de cerámica —dijo Weidwiedl—. Unas ánforas originales, con burbujas de aire dentro... ¿Qué pasa? ¿No puede vender unas tristes ánforas?

—¿Una mañana de sábado? —preguntó Kern—. ¿Un día de clase?

—¿Cómo?... ¿De clase? No había caído...

—Yo anoté la ausencia de Mayer el sábado —dijo Kern—. También hoy falta. Pero Staringer me ha informado de que la señora Mayer obligó al chico a quedarse en casa. Debió de pasarse todo el domingo vomitando. Bueno, estoy esperando a ver si mañana aparece al examen de matemáticas. Y a ver qué justificante me trae.

Kern se marchó sacudiendo la cabeza.

—¡El mercadillo! —murmuró Brigitte Kratochwil—. Así que tuve el presentimiento...

Weidwiedl sacó de su bolsillo la caja de las pastillas y

pidió a Brigitte Kratochwil un vaso de agua. Ella vio cómo tragaba la pastilla.

—Usted sabe más cosas sobre este enojoso asunto —dijo ella, titubeando.

—Acabo de caer en la cuenta de que hizo novillos —musitó Weidwiedl—. Yo debía haberle llamado la atención. En realidad, sentí que algo no marchaba bien. Creí que se encontraba indispuesto. Tuvo miedo, por lo visto... De todos modos, yo no sacaría las cosas de quicio.

—Me temo que yo le sugerí la idea del mercadillo —dijo Brigitte Kratochwil.

Él la miró pensativo.

—¿Qué plan tiene para este mediodía, estimada amiga?

—¿Yo? Ninguno. Comer en algún sitio.

—Vamos a comer juntos —le propuso—. Y nos contamos mutuamente lo que sabemos.

MAX KERN mandó distribuir los cuadernos para el examen de matemáticas y pasó lista rápidamente.

—¿Está presente Mayer? Muy bien. Necesito que me des una explicación.

—La explicación consta ya en el registro de ausencias —dijo Florián.

—Ajá. Voy a mirar. Schmied, reparte los temas.

El profesor comentó cada uno de los ejemplos, miró el reloj y dijo:

—Comiencen, señores... Emplead los números que figuran en los temas explicados el sábado. ¿De acuerdo, Mayer?

«El chico está vendido», pensó el profesor.

Kern tomó del registro de ausencias el sobre que guardaba el justificante de Mayer. Reconoció la letra de la madre de Florián. Había utilizado uno de los formularios impresos. Día: 11-5. Razón: náuseas. Número de clases omitidas: 6.

El justificante sólo era válido para el lunes.

«La madre no sospecha que el chico hizo novillos el sábado —pensó Kern—. Hacer novillos..., es el colmo.»

Por lo menos Florián no había falseado el justificante...

Florián miraba fijamente su cuaderno, sin escribir.

«Tiene miedo —pensó Kern— y se lo ha merecido.»

El profesor paseó por la fila de las ventanas y se detuvo cerca de Florián. Echó una ojeada al cuaderno y señaló con el índice una construcción.

—Eso es un disparate mayúsculo, Mayer. Concéntrate en el trabajo. De todo lo demás hablaremos después.

Durante un rato de sosiego en la biblioteca, el profesor Kern pudo corregir los trabajos, al menos los de los alumnos con calificación de insuficiente. Llegó el momento de enviar las cartas con las advertencias.

Corrigió el cuaderno de Florián durante el recreo. No tenía más remedio que amonestar a Florián, y esto le contrarió. El chico habría podido evitar el disgusto a su madre. No era tonto, sino sólo..., ¿qué era Florián? ¿Irresponsable? ¿Perezoso? ¿Distraído?

EN EL RECREO de las diez, el profesor Kern tuvo a su cargo la vigilancia de los pasillos de la tercera planta. Entonces llamó a Florián.

—Punto uno: tu trabajo ha tenido una calificación negativa. Has fallado en matemáticas y tengo que informar a tus padres por carta. En el caso de que el próximo escrito y el examen oral sean negativos también, la Dirección decidirá si puedes pasar con el certificado de insuficiente o si deberás hacer un examen suplementario. Yo sólo puedo aconsejarte que seas razonable y estudies.

Florián se miró fijamente la punta del zapato y guardó silencio.

—Punto dos: el sábado faltaste a clase y no has traído ningún justificante sobre ese día. ¿Lo vas a traer?

—Quizá.

—Mayer, ¿qué significa quizá?

—Si mi madre firma un justificante... Razones personales o como se llame eso.

—¿Y quieres decirme dónde estuviste el sábado?

—Usted ya lo sabe. ¿Por qué me pregunta? ¿Sólo para fastidiarme?

—Mayer, no digas tonterías. Así no llegamos a ninguna parte. Yo tengo paciencia contigo, bien lo sabes. Pero si no me dices la verdad, ¿cómo te voy a ayudar en esta enojosa situación?

—¿Ayudar? —dijo Florián—. ¿Usted a mí?

No había insolencia, sino asombro sin límites en sus palabras.

«Vaya —pensó Kern—. El chico no tiene la menor confianza en mí.»

15

—AL fin estás de vuelta, Toni —dijo la señora Staringer—. Tendrás hambre.

—¿Yo? —suspiró Toni—. Aún estoy harto del desayuno. No me pongas tanta sopa. Basta con medio plato.

—¿Qué te pasa, Toni? Anda, cuéntame. ¿Has fracasado en el examen?

—Yo no. Pero Florián sí. Y no presentó ningún justificante por su ausencia del sábado. Le van a amonestar y no sabe cómo reaccionará su madre, que es una persona que no puede soportar nada.

—Seis semanas hasta el fin de curso... Aún puede mejorar el insuficiente.

—Florián dice que no, que no podrá mejorar. Porque el profesor Kern no le traga. Y si suspende, se hará barrendero. Pero yo te aseguro que no dejaré solo a Florián para que se haga barrendero; no le dejaré solo.

—Me parece muy bien —dijo la señora Staringer.

—DATE PRISA, que Paul está comiendo —dijo la abuela a Marialuise.

Marialuise ocupó su puesto junto a su hermano.

—¿Cuándo vuelve Florián a tus clases? Debes estudiar con él siempre que te lo pida. Yo no quiero hacerme responsable de su fracaso —dijo Marialuise a Paul en tono confidencial.

—¿Responsable? —preguntó Paul—. Yo creía que era Sabine y no tú la que le distrae del estudio.

—Es posible que esté disgustado conmigo —dijo Marialuise—. Y también el disgusto puede distraer a una persona, ¿no?

—A veces más que el placer —dijo la abuela.

SABINE abrió la puerta de su casa y corrió al teléfono.

—¿Mamá? Lo del mercadillo ha sido un fracaso... Sí. No me creyó cuando le dije que era arriesgado... Ahora no sé qué va a ser peor para él: el colegio o la familia... No, no voy a la consulta; me quedo porque él quizá me necesite... Sería estupendo que hoy vinieras antes. Oye, sería estupendo.

La cotorra batió las alas y gritó: «Burlibueno-Burlibueno-Burlibueno-bussibussi».

—Ya voy —dijo Sabine.

BRIGITTE KRATOCHWIL se dejó convencer por el profesor Weidwiedl y pidió asado de cerdo.

—Bien, bien —suspiró—. Yo también he realizado un trabajo ingrato: exprimir a Florián Mayer como un limón. Y le he dicho lo que pienso. Y él..., tras meditar un rato, me ha contestado: «Ahora sí que entiendo lo de la perspectiva del sapo»... No ve ninguna salida porque teme a sus padres. Y antes temía que Marialuise le delatase... Tampoco le dan ya la paga semanal. Lo poco que sacó en el mercadillo se lo dio a su hermana pequeña.

—¿Se lo ha contado al profesor Kern?

—Sólo a medias, sólo a medias.

—Eso no sirve con los matemáticos. Hay que hablarles claro.

LA SEÑORA KERN saludó a su hijo.

—¡Qué tarde! Y con cara de fatiga. Veo que te has disgustado.

El profesor se lo contó todo. Y de la conversación con el alumno Mayer, casi todo.

—¡Esos chicos! Max, tú debes colaborar. El chico necesitaba dinero con urgencia. De otro modo no se habría puesto a vender en el mercadillo.

—¿Dinero? El bribón se pasó una mañana divertida; eso fue todo.

—¿Recuerdas con qué urgencia necesitabas dinero, de

chico, cuando quisiste comprar un microscopio? Quisiste vender hasta el Karl May, y en lugar de ir a la clase de violín, hiciste de niñero en la casa vecina, sólo para ganar unos cuantos chelines. Pero pronto descubrí el pastel.

—No lo recuerdo.

—¿No? ¿No recuerdas el par de bofetadas que te dio papá por no asistir a las clases de violín?... Dime, ¿qué dice Brigitte sobre el incidente?

—Brigitte no me ha dicho de momento nada de particular... Mira, los chicos le cuentan a ella más cosas que a mí, eso que yo soy el tutor del curso, y no ella.

BÁRBARA abrió la puerta a Florián. La expectativa se reflejaba en sus ojos. Franziska, sentada debajo del piano, gritaba:

—¡El dinero era mío! ¡El dinero era mío! Yo puedo hacer con mi dinero lo que quiera. Me diste permiso para gastarlo.

Florián entró en la cocina. En la mesa estaban las libretas de ahorros. La madre tenía manchas rojas en la cara, signo habitual de su nerviosismo.

—Hoy he ido a ingresar dinero en vuestras libretas —dijo—. ¿Y qué he descubierto? ¿Cómo voy a confiar en ti, Florián, si haces estas cosas? Has comprado un torno de alfarero, según dice Franziska, y has convertido la conejera en taller. ¿Así nos engañas?

—Nunca me dejaste trabajar en casa.

—¡Trabajar! ¡Trabajar! Lo que me faltaba oír. Debes trabajar en el colegio y no en un *hobby* caro.

La madre gritó hasta desgañitarse. Había estallado el escándalo. Al fin.

La espera del estallido había sido terrible.

—El sábado no asistí a clase. He suspendido en matemáticas y Kern me va a amonestar.

Ya todo daba igual y la situación no podía agravarse más. La madre rompió a llorar.

—No comprendo cómo puede portarse así un hijo. Yo no me lo merezco.

Cuando llegó el padre y se enteró de todo, no pudo contenerse y dio un par de bofetadas a Florián.

Franziska seguía sentada debajo del piano y lloraba.

—Yo no pude hacer nada, Florián. No quise delatarte. Pero mamá me insistió tanto que no paró hasta arrancarme todo.

—Déjalo estar, Franzisca.

Franziska sacó la cabeza de debajo del piano y dijo a su padre:

—Me parece muy mal que yo no pueda regalar mi dinero. Si no puedo regalar mi dinero, entonces no quiero recibir un céntimo de vosotros. Por mí, se lo podéis dar todo a Bárbara. Ésa no se lo da a nadie por nada del mundo, la muy roñosa.

—¡Franziska! —dijo su padre—. Me alegro de que tú no seas roñosa. Y tampoco estoy disgustado contigo por haber regalado tu dinero a Florián. Pero los hijos deben preguntar a los padres y no hacer las cosas clandestinamente.

—Bueno, entonces se lo regalo todo, para que sepáis —gritó Franziska—. Yo quiero que Florián se quede con ese torno.

—El torno es una cosa mala para Florián; créeme, Franziska. Él no piensa más que en la cerámica —el padre miró a Florián y su voz sonó dura y extraña—. El torno es lo de menos. Se lo devolveremos al tendero. Y tú no pisarás más la conejera, ¿entendido?... El problema principal es el estudio. El que en octavo tiene problemas no puede pasar a la enseñanza media.

—Pero me queda aún un examen —dijo Florián—. Aún puedo salir a flote. Puedes ir al instituto y preguntar a Kern.

—Pierde cuidado, que preguntaré al profesor Kern —dijo el padre—. Ahora dame el nombre de ese baratillero para que pueda telefonearle.

—No —dijo Florián—. Yo quiero hacer cerámica.

—¿Encima te rebelas? —gritó el padre—. Pues vamos a ver si podemos achantarte. ¡Faltaría más! Y si no consigo hacerte entrar en razón y que seas un miembro útil de la familia, te llevo a una residencia o a un internado donde se curse enseñanza media y puedas hacer el bachillerato. No podrás reprocharnos el no haber hecho todo lo humanamente posible por ti. Pero eso de andar siempre peleando en casa..., eso se acabó.

«Internado —pensó Florián—. Eso sí que no.»

Hansi Schmied, que había pasado dos años en un internado, decía que le había gustado. Pero Florián se estremeció con sólo oír esa palabra...

CUANDO EL PADRE ya había encontrado un internado idóneo y acordado una fecha para hablar con el director, Florián claudicó por fin. «Los mayores hacen lo que quieren». Ellos eran los más fuertes.

A Florián sólo le restaba una cosa: hablar con Sabine.

Un sábado al anochecer se fue a la conejera. Sabine estaba limpiando las jaulas. La chica tenía un aire fatigado.

—Oye, ten en brazos a Schnauberputz.

El comienzo de la conversación fue difícil. Pero sólo el comienzo. Una vez que él empezó...

—Florián —dijo Sabine—, te he amasado un cubo de arcilla. Me lo trajo Toni de las obras del suburbano.

Florián acarició a Schnauberputz entre las orejas. La blanda piel reanimó sus dedos fríos. Schnauberputz estaba palpitante y cálido. Florián sintió su peso sobre las rodillas.

En aquel momento, Schnauberputz era el punto más seguro del mundo.

—¡Un cubo entero de arcilla! ¡Mira mis manos!

Le puso las manos delante de la cara: unas manos enrojecidas y los dedos trémulos.

—¡Cómo has trabajado! —murmuró Florián. Hizo una pausa y añadió—: Y has trabajado en balde.

—¿En balde?

—Mi padre va a devolver mañana el torno de alfarero. Llamó por teléfono al señor Vanderbill, que vendrá a recogerlo.

—Bueno —dijo ella—. Tendrás que trabajar al principio sin torno. Ahorraremos hasta que podamos comprar otro.

—Yo no voy a trabajar más —dijo él.

—En los catorce días anteriores al examen de matemáticas, no..., eso está claro. Los necesitamos para estudiar. Pero después...

—Sabine, nunca más voy a trabajar.

Ella abrió desmesuradamente los ojos y guardó silencio.

Schnauberputz movió las orejas y empezó a olisquear. Sabine lo tomó del regazo de Florián y lo llevó a la jaula.

—Bien —dijo Sabine—. Así que te han remodelado. Te han remodelado.

—No digas disparates —contestó Florián—. Me lo he pensado, simplemente. Desisto, eso es todo. No vale la pena. Lástima de tiempo perdido. Quizá si fuese mayor y tuviera realmente dotes... Me lo he pensado, en todo caso.

—¿Te lo has pensado? —dijo Sabine encolerizada y mirándole fijamente; Florián no la había visto nunca de esa manera—. Conque se lo ha pensado —repitió, ya con ironía—. Se lo ha pensado. Ja, ja... Te voy a decir lo que ha ocurrido: te han achantado, te han... remodelado. ¡Está claro! ¿Sabes lo que han hecho de ti? Una vasija a su medida. La que ellos han querido.

Florián la miró desconcertado. Ella se retiró a la conejera, abrió una puerta y volvió a cerrarla.

—Ja, ja —Sabine siguió riéndose a carcajadas—. Su vasija... Oye, no la necesito. ¿Comprendes? Su vasija no la quiero. No la necesito para nada. ¡Para nada! —repitió, ya no encolerizada, sino muy triste.

Florián estaba aterrado. No supo qué hacer. Tenía experiencia de una Bárbara gritona, de una Franziska con las pestañas humedecidas que lloraba de rabia, de una hermosa Marialuise, la creída, sollozando. Pero una Sabine llorando era algo que no podía imaginar.

—¡Calla! —dijo Florián.

El chico le tendió la mano.

Ella le dio un puntapié antes de que llegase a tocarla.

—Vete —dijo Sabine—. Te rindes. Lo echas todo a rodar. Ante la primera dificultad, lo echas todo a rodar. ¿Para qué me necesitas ya? Para salir de paseo te dejo a Seppl, y para el estudio ya está Marialuise. Todo lo consigues muy fácil. Pero a mí no me atrapas más. ¡Vete!

Florián dio media vuelta y se marchó.

«Esperemos que siga abierto el portal de la casa», pensó.

Estaba abierto.

«Menos mal que el portal sigue abierto», pensó.

No pensó nada más.

Caminó y caminó. Subió y subió hasta llegar a la tercera planta, donde estaba la vivienda de sus padres. Le abrió Franziska.

—Papá te espera en la cocina.

Florián fue a la cocina.

—He estado... allí —dijo—. Mañana irán a recoger el torno.

—Bien, entonces todo está arreglado —dijo el padre—. Ahora podrás concentrarte en el estudio. A lo mejor apruebas. Seguro que sí. Y cuando hayas terminado el curso, Florián, podrás de nuevo hacer un poco de cerámica.

—¿Dónde? —preguntó Florián.

—Bueno, donde tú quieras —dijo el padre.

—Allá no voy más —dijo Florián.

El padre le miró fijamente.

—¿Adónde no irás más.

—A la conejera.

—Bien, entonces trabajarás aquí.

—¡Ah! —exclamó Florián—. Aquí...

Estaba muy cansado.

—Voy a acostarme.

FLORIÁN no estuvo presente cuando fueron a llevarse el torno.

El señor Mayer y el señor Vandervill sacaron el torno de la conejera, a través del patio y del vestíbulo de la casa, hasta la calle, y lo cargaron en el coche. La señora Mitterhöfer les abrió amablemente las puertas de la conejera, del patio y de la casa.

—Este torno lo venderé de nuevo con facilidad —dijo el señor Vanderbill—. Pero su hijo lo echará de menos.

Quiso devolver el dinero al señor Mayer, pero éste rehusó aceptarlo.

—Pasaré por aquí uno de estos días —dijo.

Todo aquel asunto comenzó de pronto a resultarle terriblemente penoso. Y pidió disculpas a la señora Mitterhöfer: por las molestias, por la utilización y el ensuciamiento de la conejera, por todo.

—Por Dios... Los chicos fueron siempre muy formales —dijo ella—. Y limpios y responsables. Y felices.

La señora Mitterhöfer hizo una inclinación de cabeza y entró en su casa.

TRES MEDIOS empleó Brigitte Kratochwil para «apelar a la responsabilidad» del profesor Kern: mucha energía, mucho encanto personal y un peinado seductor. Hizo ver a Max Kern las muchas esperanzas que depositaba en aquel alumno bien dotado: Florián Mayer. Le explicó que la cerámica era una noble rama del arte, cosa que a él no le parecía muy evidente... Y que un profesor inteligente debía aprovechar la posibilidad de convencer a aquellos padres terriblemente testarudos del talento de su hijo...

Max Kern se sintió desazonado. Un poco sorprendido y desazonado.

«Yo no podré cambiar a Max —pensó Brigitte—. Pero si me hace caso al menos de vez en cuando..., si aprende a hacerse cargo un poquito..., será ya un éxito...»

En el pasillo de la biblioteca de los profesores aguardaban turno diecisiete madres; pero Max Kern habló largo y tendido con el padre de Florián.

—He reflexionado sobre su hijo y he hablado también con mis compañeros sobre él. La señorita Kratochwil tuvo la gentileza de informarse en el taller de la señora Lederer... ¿Cómo? ¿Usted no lo sabía? Su hijo iba a trabajar en ocasiones a casa de una ceramista. El juicio de ella es que el chico tiene talento y es aplicado y se interesa seriamente por el oficio... Si usted quiere saber mi opinión, le digo lo siguiente: su hijo podría iniciar el aprendizaje con un ceramista, pero la Academia sería mucho mejor para él. Las condiciones son el bachillerato y un examen de ingreso.

»Durante la enseñanza media podría trabajar ya en un taller... sin descuidar los estudios, naturalmente. Pero un poco de práctica antes del examen de ingreso no le vendría mal.

—Con tal de que apruebe el próximo examen... —dijo el señor Mayer—. No me atrevo a esbozar planes de futuro..., sólo pienso en el próximo examen.

—¡El próximo examen! —dijo Kern—. Tendrá que superarlo, obviamente, pero ya está en el buen camino. El superarlo o no es una cuestión de nervios —el profesor levantó la vista cuando entró Brigitte, la siguió con la mirada y elevó el tono de voz—. Hay que devolverle la confianza en sí mismo. Por mí..., por mí no quedará. En mí encontrará el chico toda clase de apoyos.

Brigitte Kratochwil sonrió, tomó el primer libro que encontró en el estante y desapareció.

Max Kern bajó el tono de voz.

—Por lo demás, a mí me gusta tener en orden mis registros escolares. Si es usted tan amable de cumplimentar por escrito este justificante..., la mañana del sábado..., quizá razones personales... Y no lo olvide: devolverle la confianza en sí mismo. ¡Confianza en sí mismo!

—TÚ PUEDES, Florián, tú puedes —dijo su madre.

—Sería impensable que mi hijo no pudiera —dijo su padre.

—Escribe las fórmulas en la regla, quizá eso te ayude —dijo Bárbara.

El padre estaba satisfecho de su papel de reanimador de Florián. El joven se aplicó mucho. Pasaba horas en el despacho sin hablar una palabra con nadie y estudiando matemáticas.

Lo único que desagradó al padre en aquella temporada crítica fue la conducta de Franziska. Había que pesar cada palabra al hablar con ella. («¿Lo piensas realmente, mamá, o lo dices por decir?») Había que pedirle permiso para hacerle cualquier demostración de cariño («Que me pinchas con la barba, papá. Ahora no quiero besuqueos». «Vaya, vaya. Pues ¿qué quieres entonces?» «Una conejera con conejos y un torno de alfarero...»)

HANSI SCHMIED repartió los cuadernos.

—Tú puedes hacerlo —dijo Kern a Florián—. El examen es la mar de fácil. Todos lo resolverán, todos.

Florián se encogió de hombros.

Éxito en el examen... A lo mejor lo tenía.

Lo que apenas consiguió fue sentarse junto a Sabine. Una Sabine pálida, callada, que se limitaba a hablar cortésmente, lo imprescindible con él. Esto suponía una tortura... que Florián no podía explicar a nadie. Y aunque obtuviese un sobresaliente en las notas, una buena suma de dinero como paga semanal, el permiso de hacer cerámica y un sitio en la cocina para sus trabajos, si Sabine no estaba presente... se sentiría tan infeliz como antes.

«Sabine, Sabine», pensaba.

—Escribe de una vez —le susurró ella sin levantar la vista de su cuaderno—. ¿A qué esperas?

Florián escribió, escribió despacio, dibujó con precisión un ejemplo tras otro. Kern se detuvo junto a él, echó un vistazo a su cuaderno y le dijo:

—Bueno, ya tienes un suficiente, pero fíjate bien en el cuarto ejemplo —señaló con el dedo índice una división, justamente la coma.

Una coma en aquel lugar era irracional.

Florián la trasladó rápidamente al lugar adecuado.

El profesor Kern corrigió el ejercicio de Florián inmediatamente después de sonar el timbre, en la misma aula.

—Para que puedas dormir bien. Aquí tienes, Mayer. Un bien.

—A veces es incluso humano... ese Kern —gruñó Toni con su voz de bajo—. Ahora tendría que casarse con Brigitte Kratochwil y luego también él logrará... ¡Ay! ¿Por qué me pellizcas, Marialuise?

Marialuise señaló hacia la puerta. Allí estaba el profesor Kern, con la cara tan encendida como la del profesor Weidwiedl.

—Amigo Staringer, tú das los consejos... a quemarropa.

Los chicos se echaron a reír.

—Sois una pandilla temible, irrespetuosa, descarada y descreída —gritó. Nunca le habían oído gritar con tan poca convicción.

—BUENO, FLORIÁN —dijo su madre.

—Ya ves —dijo su padre.

—Kern da prioridad a la gracia frente a la justicia... a poco que se le ayude —dijo Bárbara.

Franziska regaló a Florián una gran tableta de chocolate.

—Me la he comprado con dinero de mi bolsillo —dijo con voz enfática—. Espero que nadie me riña por el chocolate, que he comprado con mi propio dinero...

FLORIÁN no pudo conciliar el sueño.

Encendió la luz y leyó tres páginas de Karl May. Sintió hambre. Aún quedaba una porción del chocolate que Franziska le había regalado. Se la comió, pero seguía con hambre.

Franziska guardaba sus provisiones de chocolate en un pequeño cajón, debajo de la ventana de su cuarto. No se enfadaría porque Florián mirase si quedaba algo.

Florián se levantó y entró en el cuarto. Franziska y Bárbara dormían.

Abrió un cajón tras otro: tijeras, papel, un cucharón disfrazado de Blancanieves, collares con cuentas de madera, la jirafa, ya marchita, confeccionada con castañas del último otoño. Y, en fin, un envoltorio de papel de plata.

Pero no era el chocolate. Era un trozo de arcilla. Florián hizo memoria. Había traído la arcilla, hacía muchas semanas, para complacer los deseos de Franziska de hacer liebres de Pascua. Sobró un poco.

Florián tomó el trozo, lo envolvió de nuevo cuidadosamente y lo colocó debajo de la cama.

«Me despertaré a las seis.»

«Me despertaré a las seis.»

«Me despertaré a las seis.»

Florián se despertó, en efecto, a las seis, saltó de la cama y amasó la arcilla. Tuvo una sensación maravillosa al hacerlo.

«Probablemente mamá volverá a despotricar —pensó—. Pero yo negociaré con ella... Sabré imponerme. No soy un trozo de arcilla que cada cual puede modelar a su antojo.»

Amasó diciéndose la fórmula «no tienes otra opción», hasta que la arcilla quedó maleable y sin burbujas.

Florián cerró los ojos e imaginó la figura de Franziska cuando hacía el pino. En su fantasía, Franziska apoyaba la cabeza en el suelo con los brazos cruzados y lanzaba al aire, con decisión, las piernas.

Un elefante que se sostiene sobre la trompa recoge primero la parte inferior, sensible, de ésta. Abre las gruesas patas delanteras y apoya la base de la trompa en el suelo. Mantiene las orejas transversales para guardar el equilibrio. Las corcovas frontales le dan una mayor estabilidad. Las patas traseras deben inclinarse lo más posible hacia adelante, como iniciando una voltereta. La gruesa parte posterior se eleva hacia lo alto y la delgada cola se estira hasta la punta.

—Mira —dijo Franziska cuando vio el elefante—. Intenta aguantarse sobre la nariz.

—Hace ejercicio —explicó Florián—. Luego querrá sostenerse sobre la trompa.

Aquella mañana, durante el desayuno, hubo una conversación familiar. Florián respiró profundamente y dijo a su madre:

—En el alféizar de la ventana de la sala de estar hay una figura de arcilla. Aún está blanda. Necesita algunas horas para secarse. Entonces podremos tocarla. Pero no antes.

Todos se quedaron un instante en silencio. Bárbara miró a sus padres con expectación. Entonces la madre de Florián dijo.

—Estaré atenta.

Y el padre añadió:

—Bárbara, no la toques —y a Florián—: ¿Qué figura es ésa?

—Yo la he reconocido enseguida —dijo Franziska.

—Tú... por supuesto —dijo Bárbara.

El padre fue a la sala de estar.

—Yo diría que es un elefante —dijo, en dirección a la cocina—. En la primera fase de la voltereta.

Su esposa lo había seguido.

—Qué cosas se le ocurren al chico. Yo sólo pensaría en botijos, platos y vasijas.

—Para eso necesitaría un torno —dijo Bárbara.

—También eso es verdad —dijo la madre.

A LAS DOS de la tarde el elefante estaba seco. Florián lo guardó en una caja de zapatos.

—Lo que viene ahora es muy delicado —dijo a Franziska—. Tú puedes acompañarme y abrir las puertas.

—¿Adónde vamos?

—A la conejera —dijo Florián—. Si la puerta que da acceso a la conejera está cerrada, dejamos el elefante sobre el alféizar de la ventana.

—Esperemos que la puerta esté abierta —dijo Franziska—. Me gustaría jugar de nuevo con los conejos. Ayer me encontré en el parque con Sabine; estaba con un perro y un gato. El perro me dio la pata. Sabine me dijo que podía ir a ver los conejos siempre que quisiera. Pero yo no he querido ir sin ti.

Franziska daba saltos de contento.

—Estoy impaciente por saber lo que dice Sabine sobre el elefante.

—Yo también —dijo Florián.

La puerta de acceso a la conejera estaba cerrada. La llave no estaba en su sitio. A Franziska se le entristeció la cara.

—Aguarda aquí con la caja —dijo Florián—. Voy a mirar si Sabine está arriba.

Subió las escaleras y silbó.

Oyó el parloteo de la cotorra.

Florián contuvo el aliento y escuchó.

«Bussibussi-apaga-la-caja-tonta —gritó la cotorra—. A-Che-I-uf. Todo-uf. Marialuise-uf. Calma-Sabine. Burlibueno.»

La cotorra desgranó todo su repertorio. Pero no dijo Florián-uf.

Florián sonrió. Oyó los pasos de Sabine.

Sabine abrió la puerta y le miró.

—Abajo, en el patio —dijo Florián—, parece que hay un elefante para ti.

Extractos del cuaderno de cerámica de Florián

La palabra «cerámica» viene del griego, según el profesor Weidwiedl, y significa: 1) artículos de arcilla, y 2) la fabricación de artículos de arcilla.

La arcilla es producto de la erosión de rocas que contienen feldespato (por ejemplo, granito, pórfido, gneis, basalto): una mezcla de minerales arcillosos. La arcilla abunda en todos los lugares de la Tierra.

En términos químicos, la arcilla consta de ácido silícico y agua y, según el lugar de origen, de muchas otras sustancias, como cuarzo, sosa, potasa, cal y compuestos férricos. Por ejemplo, la arcilla extraída de las obras del suburbano de Viena está mezclada con hierro y manganeso...

La arcilla absorbe agua. Con la adición de agua, la arcilla se vuelve maleable, es decir, se puede hacer con ella casi todo lo que quiere el alfarero. Al secarse, la arcilla se endurece y mantiene su forma de ladrillo secado al aire, que no debe entrar en contacto con la lluvia. La arcilla endurecida vuelve a ser maleable si se amasa con agua.

La alfarería (moldeado con arcilla) es un invento de la humanidad que se ha redescubierto constantemente en diversas épocas y en diversas regiones del planeta. Hace doce mil años descubrieron los hombres que los recipientes de arcilla, gracias al fuego, pueden hacerse impermeables al agua. La alfarería es una de las técnicas artesanales más antiguas de la humanidad.

Distinguimos diversas especies de cerámica por razón del casco (pared de los recipientes vidriados de arcilla).

Los productos con paredes porosas (duras, pero permeables al agua) se llaman artículos de loza. Entre ellos se cuentan, por ejemplo, las macetas, los botijos y las ánforas romanas. Se cuecen a 950 grados. Esta cocción se llama cocción en bruto (el objeto es duro, pero sigue siendo poroso). Para impermeabilizar estas piezas es preciso vitrificar las paredes cocidas en bruto. El vidriado es un revestimiento hialino que se aplica a las piezas de arcilla y se cuece en el horno (cocción para esmaltar).

Los productos de paredes compactas e impermeables se llaman piezas sinterizadas. Se cuecen a temperaturas muy elevadas (1 180 a 1 300 grados). En la pieza sinterizada se puede prescindir del vidriado porque la pared se comprime (se sinteriza) de tal modo que resulta absolutamente impermeable aun sin el vidriado.

La pieza sinterizada puede ser gres (pared gris hasta blanca y opaca) y porcelana (pared blanca y transparente; la masa de la porcelana consta principalmente de caolín, cuarzo y feldespato).

¿Cómo se fabrican los recipientes de arcilla? El que no posee un torno de alfarero fabrica recipientes con planchas, pellas y trozos de arcilla. La modelación de recipientes de arcilla en un torno rotativo se llama *torneado.*

Los productos ultimados deben secarse lentamente y de modo uniforme. Para la cocción se colocan en un horno especial. Un horno eléctrico necesita de 10 a 12 horas para el calentamiento y 24 horas para el enfriamiento. La temperatura en el horno de cocción se controla con un pirómetro (aparato para medir temperaturas de cocción). Aparatos auxiliares de medida son también los conos Seger, que se colocan en el horno y se desploman a determinadas temperaturas. Los conos pueden observarse a través de la mirilla de la puerta del horno. Un alfarero experimentado puede orientarse también por los colores que ve a través de la mirilla (la tonalidad anaranjada, por ejemplo, aparece a los 1 000 grados).

Colección GRAN ANGULAR

1 / *Jean-Claude Alain,* **Los muchachos de Dublín**
3 / *Eve Dessarre,* **Danièle en la isla**
7 / *Luce Fillol,* **María de Amoreira**
8 / *Ch. Grenier-W. Camus,* **Cheyenes 6112**
10 / *John R. Townsend,* **El castillo de Noé**
11 / *William Camus,* **Un hueso en la autopista**
14 / *Jan Terlouw,* **Invierno en tiempo de guerra**
15 / *María Halasi,* **Primer reportaje**
16 / *André Massepain,* **Los filibusteros del uranio**
17 / *Lucía Baquedano,* **Cinco panes de cebada**
18 / *Rosemary Sutcliff,* **Aquila, el último romano**
19 / *Jordi Sierra i Fabra,* **El cazador**
20 / *Anke de Vries,* **Belledonne, habitación 16**
21 / *Willi Fährmann,* **Año de lobos**
23 / *María Gripe,* **El abrigo verde**
24 / *W. Camus-Ch. Grenier,* **Una india en las estrellas**
26 / *Willi Fährmann,* **El largo camino de Lucas B.**
29 / *Thea Beckman,* **Cruzada en «jeans»**
30 / *Jaap ter Haar,* **El mundo de Ben Lighthart**
31 / *María Gripe,* **Los escarabajos vuelan al atardecer**
32 / *Jordi Sierra i Fabra,* **...En un lugar llamado Tierra**
33 / *Anke de Vries,* **El pasado quedó atrás**
34 / *Carmen Kurtz,* **Querido Tim**
36 / *Montserrat del Amo,* **La piedra de toque**
38 / *María Gripe,* **El rey y el cabeza de turco**
40 / *María Gripe,* **Agnes Cecilia**
44 / *Käthe Recheis,* **El lobo blanco**
47 / *María Gripe,* **La sombra sobre el banco de piedra**
49 / *María Gripe,* **El túnel de cristal**
51 / *Forrest Carter,* **La estrella de los cheroquis**
52 / *Lensey Namioka,* **En el pueblo del gato vampiro**
54 / *Fernando Lalana,* **El zulo**
55 / *Carlos-Guillermo Domínguez,* **Atacayte**
56 / *Alfredo Gómez Cerdá,* **La casa de verano**
58 / *Jordi Sierra i Fabra,* **Regreso a un lugar llamado Tierra**
62 / *José Luis Martín Vigil,* **Habla mi viejo**
64 / *Albert Payson Terhune,* **Lad, un perro**
67 / *Montserrat del Amo,* **La encrucijada**
68 / *Jordi Sierra i Fabra,* **El testamento de un lugar llamado Tierra**
69 / *Helen Keiser,* **La llamada del muecín**
70 / *Lene Mayer-Skumanz,* **Barro entre las manos**
74 / *Leonor Mercado,* **Cuaderno de bitácora**
75 / *Carlos-Guillermo Domínguez,* **Sosala**
76 / *Anke de Vries,* **Cómplice**
77 / *Jordi Sierra i Fabra,* **El último verano miwok**
79 / *Jordi Sierra i Fabra,* **El joven Lennon**
81 / *Isolde Heyne,* **Cita en Berlín**
82 / *Juan M. San Miguel,* **Alejo**
83 / *Federica de Cesco,* **El caballo de oro**
84 / *María Gripe,* **Aquellas blancas sombras en el bosque**
86 / *Jan Terlouw,* **Barrotes de bambú**
87 / *John Hooker,* **El capitán James Cook**
88 / *Carlos Villanes Cairo,* **Destino: la Plaza Roja**
90 / *Miguela del Burgo,* **Adiós, Álvaro**
91 / *Andy Tricker,* **Voy a vivir**
92 / *Thomas Jeier,* **El apache blanco**
94 / *Urs M. Fiechtner,* **Historia de Ana**
95 / *Fernando Lalana y Luis Puente,* **Hubo una vez otra guerra**
96 / *Rodrigo Rubio,* **La puerta**
97 / *Alfredo Gómez Cerdá,* **Pupila de águila**
99 / *Liva Willens,* **A veces soy un jaguar**
100 / *Jordi Sierra i Fabra,* **La balada de Siglo XXI**
102 / *Fernando Lalana,* **Morirás en Chafarinas**
103 / *Gemma Lienas,* **Así es la vida, Carlota**
104 / *Josep Francesc Delgado,* **Las voces del Everest**
105 / *Emili Teixidor,* **El soldado de hielo**
106 / *Carlos Villanes Cairo,* **Retorno a la libertad**
107 / *Sheila Gordon,* **¡Ni una hora más!**
108 / *Alice Vieira,* **Úrsula**
109 / *María Gripe,* **Carolin, Berta y las sombras**
110 / *Juan M. San Miguel,* **Cerco de fuego**
112 / *Carlos Puerto,* **Akuna matata**
114 / *Sigrid Heuck,* **El enigma del maestro Joaquín**
115 / *Francesc Sales,* **Diario de Alberto**
118 / *Maite Carranza,* **La selva de los arutams**
119 / *Joan Manuel Gisbert,* **La frontera invisible**
120 / *Peter Dickinson,* **Mi madre es la guerra**
121 / *Nicole Meister,* **La historia de Mon**
122 / *Mette Newth,* **Secuestro**
123 / *Werner J. Egli,* **Tarantino**
125 / *Manuel Alfonseca,* **Bajo un cielo anaranjado**
126 / *Mercè Canela,* **Partitura para saxo**
127 / *Xavier Alcalá,* **Contra el viento**
128 / *Gillian Cross,* **La hija del lobo**
130 / *José Luis Velasco,* **El guardián del paraíso**
131 / *Mecka Lind,* **A veces tengo el mundo a mis pies**
132 / *Joachim Friedrich,* **El tango de Laura**
133 / *Lola González,* **Brumas de octubre**
134 / *Jordi Sierra i Fabra,* **Malas tierras**
135 / *Nina Rauprich,* **Una extraña travesía**
136 / *Gillian Cross,* **Nuevo mundo**

Edición especial

29 / *Thea Beckman,* **Cruzada en «jeans»**
31 / *María Gripe,* **Los escarabajos vuelan al atardecer**
101 / *Michael Ende,* **El ponche de los deseos**
102 / *Fernando Lalana,* **Morirás en Chafarinas**
111 / *Joan Manuel Gisbert,* **La noche del eclipse**
113 / *Jordi Sierra i Fabra,* **El último set**
116 / *Vicente Escrivá,* **Réquiem por Granada**
117 / *Fernando Lalana,* **Scratch**
124 / *Alejandro Gándara,* **Falso movimiento**
129 / *Juan Madrid,* **Cuartos oscuros**